Patrick Boman

Peabody geht fischen

*metro* wird
herausgegeben von
Thomas Wörtche

## Zu diesem Buch

»Gehen Sie fischen. Holen Sie sich keine Syphilis. Kurz, betrachten Sie es als eine Art Urlaub.« So lautet die gut gemeinte Empfehlung, die Inspector Peabody mit auf den Weg bekommt bei seiner Zwangsversetzung in ein Fischernest an der südindischen Küste.
Doch noch bevor sich Peabody mit den betäubenden Klimaverhältnissen und den reichlich obskuren Sitten in diesem verschlafenen Außenposten der britischen Kronkolonie vertraut machen kann, wird eine Leiche gefunden. Es handelt sich um die sehr traurigen Überreste des zwielichtigen Anwalts Shantidas, Freund der Witwen und Waisen.

»Boman hat ein sicheres Gespür für absurde Situationen und Zwischentöne.« *Frank Rumpel, Titel-Magazin*

»Man kann Patrick Boman zu dieser Figur, einem Menschen in seinem Widerspruch, nur gratulieren.« *perlentaucher.de*

## Zum Autor

Patrick Boman wurde 1948 als Kind eines schwedischen Vaters und einer französischen Mutter in Stockholm geboren und wuchs in Frankreich auf. Er lebt und arbeitet in Paris. Die stets fesselnden und gewitzten Bücher des viel gereisten Erzählers und Indienkenners haben in Frankreich bereits ein breites Publikum erobert.

Mehr über Buch und Autor im Anhang
und auf *www.unionsverlag.com*

Patrick Boman

# Peabody geht fischen

Aus dem Französischen von
Regina Keil-Sagawe

Unionsverlag

Die Originalausgabe erschien 2002
unter dem Titel *Peabody secoue le cocotier*
bei Le Serpent á Plumes in Paris.
Die deutsche Erstausgabe erschien 2004
im Zebu Verlag, Frankfurt am Main.

*Im Internet*
Aktuelle Informationen,
Dokumente, Materialien
*www.unionsverlag.com*

Unionsverlag Taschenbuch 361
Diese Ausgabe erscheint mit freundlicher Genehmigung
des Zebu Verlags, Frankfurt am Main

Rieterstrasse 18, CH-8027 Zürich
Telefon 0041-44-283 20 00, Fax 0041-44-283 20 01
mail@unionsverlag.ch

Reihengestaltung: Heinz Unternährer, Zürich
Umschlagfoto: G. Huber/laif
Druck und Bindung: Clausen & Bosse, Leck
ISBN-10 3-293-20361-2
ISBN-13 978-3-293-20361-7

Die äußeren Zahlen geben die aktuelle Auflage
und deren Erscheinungsjahr an:
1 2 3 4 5 - 09 08 07 06

*Der Autor dankt Guillaume Hezez
und Philippe Richard für
ihren Beistand in Sachen Nautik.*

# Erstes Kapitel

*Vom Flossenschlag eines Hais gescheucht, schnellten die fliegenden Fische über die krause Dünung des Atlantik dahin. Die* Worcester, *eine stolze Zweiunddreißig-Kanonen-Fregatte, glitt gleichmäßig voran, von einem kräftigen Südwestwind getragen, der stetig von achtern blies. Kapitän Howell, ein rundlicher Mann, der so aussah, als ob ihn nichts mehr erschüttern könnte, tigerte über das Achterdeck, auf dem Kopf seinen Zweispitz, die Hände im Rücken verschränkt, und grübelte vor sich hin. Trotz des strahlenden Wetters und der ruhigen See konnte er sich die schwärzesten Sorgen machen: Gemäß Anweisung der Admiralität, die er unter Verschluss in seiner Kabine aufbewahrte, war die Reise noch längst nicht zu Ende. Das Wasser in den Fässern schmeckte faulig, der Zwieback war verschimmelt, und im Pökelfleisch wimmelten die Maden. Das Frischobst, das sie in Rio an Bord genommen hatten, war seit geraumer Zeit aufgebraucht, es drohte Skorbut, und die Moral der Mannschaft war nicht höher als die Stirn eines Mandschukriegers. Eine Stimme schreckte den Kapitän aus seinen düsteren Gedanken auf.*

*»Segel an Backbord!«, brüllte der Ausguck von der luftigen Höhe des Mastkorbs herab.*

*Der Kapitän gab einem der Midshipmen, der sich gegenüber auf dem Achterdeck befand, ein Zeichen: »Mein Fernrohr, junger Mann, wenn ich bitten darf.«*

*Der picklige Jüngling gehorchte wortlos. Er schwamm förmlich in seiner Uniform aus blauem Tuch, und seine Baumwollstrümpfe hingen ausgeleiert über seine Schnallenschuhe herab.*

*Der weiße Fleck am Horizont war kaum zu erkennen. Der Kapitän zog seine Schnupftabaksdose hervor und genehmigte sich eine Prise, dann nieste er, schnäuzte sich und plärrte: »Ruderführer, Ruder nach Backbord!«*

*Howell wandte sich an den Ersten Offizier: »Lassen Sie die Großsegel setzen, Sir, wenn ich bitten darf. Wir werden uns Klarheit über die Natur dieses Partikuliers verschaffen. Außer uns kreuzt hier weit und breit kein britisches Schiff. Wenn es sich um einen Verbündeten oder jemand Neutrales handelt und er sich nichts vorzuwerfen hat, wird er nichts gegen eine Kontrollvisite der Navy haben. Falls doch, sind wir die Stärkeren … Der Wind ist günstig. Wenn er nicht dreht, dürften wir morgen auf ihrer Höhe sein.«*

*Der Pfiff des Bootsmanns jagte die Matrosen, die beim Gedanken an eine Verfolgungsjagd schon ganz aufgeregt waren, die Wanten hinauf: »Bramsegel klar zum Setzen!«*

Ein Geier stolzierte am Kanalufer auf und ab, mit schmuddligem Gefieder, dumpfem Blick und einem Hals, so rot und faltig wie verbrühte Hodenhaut. Inspector Josaphat M. Peabody, dem der Schweiß aus allen Poren rann, klappte das schmale Bändchen geräuschvoll zu und stopfte es in seine Hosentasche. Dreizehn Uhr: Er war am Ziel seiner Reise angelangt. Weitere Raubvögel kreisten gemächlich hoch oben am Himmel, über dem Grundstück, auf dem die Villa von Anwalt Shantidas stand. Ringsum erstreckte sich Kerala: Kokosplantagen, die sich in endloser Eintönigkeit dehnten, vom Indischen Ozean bis hin zu den Cardamom-Bergen. Unter dem dickbäuchigen Mann: das trübe Wasser des Kanals, ölglatt. Am Ruder seiner Piroge, die kaum einen halben Fuß über den Wasserspiegel ragte und langsamer vorwärts glitt als ein Krüppel auf seinem Rollbrett, ein schmächtiger Kerl mit von Kokosöl glänzendem Haar. Die Nachmittagssonne knallte betäubend nieder, Raben krächzten um die Wette, und Schwärme von Mücken umsurrten ihn. Vielleicht hatten die gierigen Insekten schon lange nicht mehr vom Blut eines Ingiriss, eines Engländers, gekostet, dazu eines so fetten, der über die Meere gekommen war und sich in erster Linie, wie die braven Leutchen einander entsetzt erzählten, vom Fleisch der heiligen Kühe und der unreinen Ferkel nährte, also Gotteslästerung und Selbstbefleckung mit Steak und Bacon betrieb, ein unerhörter, ja ganz und gar empörender Fall!

Ruhig Blut, Josaphat. Pass auf, dass du nicht in diese stinkende Brühe fällst. Fett soll ja angeblich oben schwimmen, aber wer weiß das schon so genau. Ächzend hievte der Inspector seine zweihundertfünfzig Pfund Lebendgewicht an Land, wobei er das Boot fast zum Kentern brachte. Dem Pirogier gab er zu verstehen, er möge auf ihn warten – händefuchtelnd, denn er sprach nicht ein einziges Wort Malayalam, das örtliche Idiom, das zur dravidischen Sprachengruppe gehörte und reich an Fettnäpfen war, zumal jede Kaste ihre eigene Ausdrucksweise hatte!

Auf dem Höhepunkt der Trockenzeit stand der Garten in üppiger Blüte, und der Brunnen plätscherte vor sich hin. Die großzügige Villa war neueren Datums und im italo-moresken Stil erbaut, mit breiten Fenstern, Kolonnaden und einer Veranda. Der weiße Putz bröckelte nicht, und die grünen Ziegel hatten unlängst einen frischen Anstrich erhalten. Doch an jenem Tag klafften beide Torflügel und die Haustür weit auf, und sämtliche Dienstboten waren ausgeflogen. Den lädierten Stühlen und dem zerbrochenen Porzellan nach zu urteilen, das über die Wege verstreut war, musste das Anwesen geplündert worden sein. Um den Brunnen herum lag Unrat, eine Brunnenschale war gar von widerlich stinkendem Erbrochenen besudelt: Fleisch und Erbsen, wie der Inspector konstatierte.

Peabody brauchte nicht lange, um die Leiche des Anwalts zu entdecken, die mitten im Wohnzimmer auf einem Teppich, der das ganze Blut aufgesogen hatte, auf dem Rücken lag. Ringsum summten Fliegen, Würmer und Ameisen waren bereits emsig zugange, dabei lag der Zeitpunkt des Todes noch nicht lange zurück.

Die Augen waren geschlossen, die Zähne in einem Totenkopfgrinsen entblößt. Der unbekleidete Leichnam war der eines stark behaarten, wohlgenährten, noch jungen Mannes. Er war zum Gegenstand eines makabren Rituals geworden: kreuzförmige Kerben auf Brustkorb und Unterleib, längs einer gedachten Mittellinie, der Penis der Länge nach aufgeschlitzt, wie eine aufgeplatzte Brühwurst, und, besonders markant, das linke Bein – es war unterhalb des Knies abgesägt. Peabody hielt die Luft an und unterdrückte einen Brechreiz, dann zog er Heft und Bleistift hervor, um sich ausführlich Notizen zu machen. Er drückte seine Zigarre aus und begann wie ein Hund zu schnüffeln, denn trotz seines vom Tabak betäubten Geruchssinnes hatte er einen schwachen Duft von gegrilltem Fleisch wahrzunehmen geglaubt. Er ließ seinen Blick schweifen. Kleider lagen verstreut herum, ein Schreibtisch war aufgebrochen worden, die leeren Schubladen einer Kommode verteilten sich über den Boden. Auf den Regalen einer Abstellkammer stapelten sich enorme verschnürte Aktenbündel. Blatt für Blatt würde er diese widerwärtige Masse Papier durchgehen müssen, dachte der Inspector mit einem Gefühl nahe der Verzweiflung. Auf den Marmorfliesen eines Nebenzimmers entdeckte er den Fuß, er war tranchiert, daneben das Schienbein, das auf einem Feuer aus Fußbodendielen geröstet und teilweise abgenagt war. Er hob einen Knochensplitter auf und drehte die Leiche behutsam um: ein halbes Dutzend Einstiche in den Rücken, der Form der Verletzungen nach von einem Messer mit breiter Klinge herrührend, schien den Tod bewirkt zu haben.

Lautlos tat sich eine Tür auf. Ein kleiner eleganter Brite mit dem fahlen Teint der Tropen stand für einen Augenblick reglos auf der Schwelle und stieß beim Anblick der Leiche einen Schrei aus, bevor er sich mit geschmeidigen Schritten Peabody näherte, der ihn herzlich begrüßte: »Richter Frazier! Sie wagen sich bei dieser Hitze ins Freie?«

»Zuerst die Pflicht.«

»Aber was für ein Zufall! Ich hoffe, dass ich Ihnen nicht in die Quere komme.«

»Keineswegs, mein Lieber«, entgegnete der Beamte. »Sie haben vermutlich einen anonymen Hinweis erhalten, so wie ich, und sind sogleich hierher geeilt.«

Der dicke Polizist war im Verlauf des Vormittags von einem Bauern aus einem Dorf in der Nähe der Villa benachrichtigt worden, dem von außen der Zustand des Gartens und die offene Tür aufgefallen waren; er hatte Stunk gewittert, sich aber vor allem eine Belohnung erhofft. Während die anderen Polizisten sich daran machten, ihn mit Fußtritten zu verjagen, war Peabody in eine Piroge gesprungen. Doch er verkniff sich jede Erklärung und bemerkte lediglich: »Ich schätze, Sie sind mit Ihrem Kanu gekommen. Immer sportlich!«

»Natürlich. Ich bin doppelt so schnell wie ein Pirogier. Was, wenn es denn noch eines Beweises bedürfte, den Nutzen einer guten physischen Kondition und einer Ernährungshygiene, die diesen Namen auch tatsächlich verdient, belegt.«

Fraziers gelblicher, schrumpliger Teint spottete seiner Behauptung. Peabody kniff statt jeder Antwort nur seine blauen Schweinsäuglein zusammen und wischte sich mit einem Taschentuch, das größer als der Turban eines Sikh war, die Schweißperlen von Stirn und Doppelkinn. Der Richter war in der Tat für seine Dauerläufe in aller Herrgottsfrühe unter Palmen bekannt und für sein Kanu, das er eigens aus England mitgebracht hatte, um damit auf den Kanälen und der offenen See herumzupaddeln. Peabody, dem gleich einem Buddha nichts über die Reglosigkeit ging, sah derlei Umtriebigkeit mit gemischten Gefühlen. In Indien konnte ein Übermaß an Aktivität zu nichts Gutem führen.

Frazier lächelte gezwungen, während er sein Gegenüber mit undurchdringlichem Blick fixierte, und fuhr fort: »Sie führen in diesem Fall die Ermittlungen durch, und ich werde das Urteil zu sprechen haben, mehr nicht. Vorausgesetzt, Sie finden den Mörder. Haben Sie schon eine Idee?«

»Schön wär's! Sagen Sie, kannten Sie das Opfer eigentlich persönlich? Wissen Sie, wer das war?«, erwiderte der Bulle in gespielter Ahnungslosigkeit.

»Shantidas, einer der bekanntesten Anwälte der Gegend. Er mischte bei wichtigen Fällen mit, die so sauber wie das Wasser toter Flussarme waren, und er war ziemlich populär: Er verteidigte, wenn es sich ergab, Witwen und Waisen unentgeltlich gegen Wucherer, und er hat zwei notorische Gauner, die gute Verbindungen hatten, vor dem sicheren Galgen bewahrt. Aber Sie sind ja noch neu an unserer schönen Malabarküste. Einem hartnäckigen Gerücht zufolge soll er ein großer Erpresser vor dem Herrn gewesen sein, aber es ist niemals das Geringste nach außen gedrungen. Schade eigentlich …«

»Shantidas, der Friedensdiener«, bemerkte Peabody ironisch und kratzte sich verstohlen den Allerwertesten. »Ein ganzes Programm.«

»Es ist entsetzlich, er ist regelrecht … aufgefressen worden, wie von einem Raubtier. Diese Leute sind wirklich Barbaren!«

Rasch warf der Richter einen Blick über die Schulter, während seine Oberlippe, ein hässlicher Tick von ihm, zu zucken begann. Peabody seufzte: »Ja, der Fanatismus soll hierzulande prächtig blühen, wie man mir versichert hat, Ritualmorde stehen auf der Tagesordnung, ebenso Vergiftungen und Prügeleien, bei denen sich die Kulis mit ihren Knüppeln die Schädel einschlagen.«

Der Richter ging mit langen Schritten im Zimmer umher, schaute in die Schubladen, schob die Leiche mit dem Fuß beiseite: »Welch ein Durcheinander! Sieht so aus, als hätten seine Diener erst gründlich mit ihm abgerechnet und sich dann ungeniert bedient. Welch ein unmögliches Land! Und – was halten Sie davon?«

»Bitte rühren Sie vorerst nichts an«, antwortete der Inspector leicht gereizt. »Sonst verwischen Sie am Ende noch die Spuren. Sehen Sie sich mal die Rückenwunden an. Die stammen von einer breiten Klinge …«

»Typisch Malaiendolch«, fiel ihm Frazier im Brustton der Überzeugung ins Wort. »Mit solchen Fällen hatte ich mehrfach zu tun. Eine Schande.«

Peabody warf ihm einen schrägen Blick zu, dann fuhr er fort: »Oder Schlachtermesser, oder Hirschfänger, oder was immer Sie wollen. Was die Säge betrifft, die hat richtig gut geschnitten. Ein verfluchter Perverser, Gott verdamm ihn, man muss wirklich abartig sein, um seine Beute derart zu zerfleischen! Richter, wenn Sie nichts dagegen haben, werden wir die Prozedur ein wenig beschleunigen und die Sache gemeinsam angehen. Haben Sie schon einmal etwas dieser Art gesehen?«

»Die Rückenwunden ja. Was den Rest betrifft, noch nie.«

»Hätten Sie unter Umständen Vergleichbares in Ihren Gerichtsarchiven? Die tiefen Einschnitte in Thorax und Glied, Verdachtsmomente auf Kannibalismus?«

»Aus dem Stand heraus kann ich Ihnen das nicht beantworten, aber ich werde dem nachgehen. Glauben Sie, dass eine Sekte hier aus der Gegend ... ?«

»Bei den Sprösslingen Adams und Evas, diesen verflixten Affen mit aufrechtem Gang, muss man mit allem rechnen«, entgegnete Peabody gleichmütig, während er eine kleine grüne Zigarre aus der Tasche zog und anzündete. »Zum Teufel, unser Kunde beginnt schon zu stinken!«

»Wie Sie bereits sagten, wenn man den Fanatismus der Eingeborenen bedenkt ...«, beharrte der Richter.

»Puh! Ich würde zwar nicht gerade behaupten, die Menschenfresser seien das bravste Völkchen der Welt, aber na ja, wenn es darum geht, sich die Lebenskraft des Feindes anzueignen, wie das, so heißt es, manche Eingeborenen auf den Südseeinseln glauben, warum nicht ... Angeblich soll Menschenfleisch ja wie Schweinefleisch schmecken. Nur etwas salziger, im Falle der Weißen«, bemerkte Peabody genießerisch.

»Wissen Sie, wie hoch das Strafmaß für derlei Praktiken ist?«, entgegnete Frazier scharf.

Der Inspector verzog nachdenklich seine Säuglingslippen: »Das ist mein erster Fall von Kannibalismus, dabei habe ich vierzig Jahre Hindustan auf dem Buckel. Will heißen, man kann sich nie ganz sicher sein. Vor allem nicht in Fragen des Geschmacks.«

* * *

Der Hafen, im Andenken an den seligen Prinzgemahl Port Albert getauft, bestand aus kaum mehr als einem Kai, an dem in unregelmäßigen Abständen der Steamer anlegte, einer leeren Lagerhalle und einer Straße, auf der sich eine Kneipe, ein Friseur, ein Teestand, eine Eisenwarenhandlung und ein Lebensmittelladen aneinander reihten, welch letzterer Vimala, einem kleinen Mann mit permanent verschrecktem Gesichtsausdruck, gehörte. Polizeiposten, Zollgebäude, zur Stunde zöllnerfrei, Büro des Steuereinnehmers und Gericht waren aus rotem, weiß verfugtem Backstein gebaut und hatten grüne Ziegeldächer. Das Waterloo-Hotel dagegen war aus Holz, zweigeschossig und ringsum von Veranden gesäumt. Ein wenig abseits standen zwei oder drei Bungalows, der des Steuereinnehmers, der des Richters …

Nicht weit von dort ergoss sich das Gewirr aus Kanälen und toten Flussarmen aus dem Landesinneren, von Dörfern und Reisfeldern herkommend, in Form einer Kloake, deren braune Wasser das Azurblau der Wellen besudelten, in den Ozean.

Fünfhundert Yards entfernt, im Dorf, wühlten schwarze Schweine im Schlamm von Pfützen, die in der Sonne dampften. Neben den Strohhütten, zwischen denen sich eine unübersehbare Kinderschar mit nacktem Popo tummelte, erstreckte sich weißer Sandstrand, über den Fischer schwere, aus zusammengebundenen Baumstämmen gebaute Pirogen zogen. Diese Elenden mit ihrem dunklen Teint, die den höheren Kasten als unberührbar galten, besaßen die Kraft derer, die sich nur von Fisch ernährten, weil Reis zu teuer war – es waren dieselben Männer, die von den europäischen Schiffen wegen ihrer seemännischen Qualitäten und ihrer Stärke angeheuert wurden und nach der Küste, von der sie stammten, Malabaren genannt wurden – in Frankreich sagt man bis heute »Malabar« zu einem großen, starken Mann. Im Vergleich zu ihnen hatten die wenigen Brahmanen, die es an diesem Ort gab und die mit ihrem sehr viel helleren Teint den Rest der Welt mit Verachtung straften, wiewohl sie schmächtig und verweichlicht von der Inzucht waren und vom kostbaren Reis unterernährt, streichholzdünne Gliedmaßen – weil sie strenge Vegetarier waren, war ein hartes Ei für sie ebenso tabu wie eine blutige Fleischkeule.

* * *

Peabody würde sich des Tages, da die Leiche von Rechtsanwalt Shantidas entdeckt worden war, es war der 22. Januar, stets als des Tages des Heiligen Vinzenz erinnern. An jenem Vormittag, der ihm jetzt so fern schien, knatterten bunte, mit großen Kruzifixen bestickte Banner in der Ozeanbrise, die von Kindern und jungen Leuten getragen wurden, welche aus der ganzen Gegend zusammengeströmt waren und zum Rhythmus der Trommeln und Flöten tanzten, wobei sich eine gewisse Ähnlichkeit mit einem Zirkus, der soeben seine Zelte in der Stadt aufgeschlagen hat und Schaulustige anlockt, indem er mit großem Tamtam ein Nilpferd und die bärtige Frau durch die Straßen führt, nicht verleugnen ließ. Die hölzernen Statuen des Heiligen Petrus mitsamt Schlüssel, Fischernetz und Fischen, des Heiligen Antonius, des Armen von Assisi, des Heiligen Georg mit seinem Drachen, der Heiligen Rosa von Lima, des Heiligen Christophorus mit dem Jesuskinde, des Heiligen Joseph mit seinem Zimmermannshobel, sie alle waren da und schwankten auf den Schultern ihrer Träger umher. Ein Heiliger Vinzenz von Paul aus Gips, gar finster in seiner schwarzen Soutane, erinnerte an einen russischen Nihilisten, der sich anschickt, eine

Bombe auf die Kutsche eines Erzherzogs zu werfen. Es fehlten nur noch Christus und die Jungfrau Maria. Leute gingen herum und sammelten Gelder für den Bau einer Kirche aus Stein, denn die Missionskirche war nur eine Strohhütte. An der Spitze der Prozession schritt, mit rotem Kopf unter seinem Korkhelm, der örtliche Missionar, Father O'Reilly, voran, welcher in seinen Messgewändern schwer unter der Hitze litt und sich nichts sehnlicher als zurück in den Schatten wünschte. Vorerst aber segnete er mit ausladenden Gesten die Menge. Auf die Frage eines angesichts dieses Tohuwabohus fassungslosen Peabody nach den Gründen für diese fromme Kundgebung – der Süden des Landes war ihm fremd – antwortete ein Prozessionsteilnehmer mit leidenschaftlich funkelndem Blick: »Wir führen die Kleinen Götter aus, Inspector Sahib.«

Sollte heißen: Obwohl Kerala schon seit langer Zeit Berührung mit dem Christentum hatte, war es besser, die großen Götter, die allzu mächtig und somit möglicherweise gefährlich waren, nicht zu stören. Der Inspector nickte wissend. Mit den Göttern in diesem Land war nicht zu scherzen. Peabody kannte die goldverzierten Marmortempel mit ihren trüben Wassertümpeln, die zu Tausenden die Pilger anlockten, von denen die hochmütigen Brahmanen lebten; er hatte ganze Berge enthaupteter Büffel gesehen, geköpft zu Ehren Durgas, der Dämonentöterin; er hatte auch diese zinnoberrot getünchten Steinkreise am Eingang der Dörfer gesehen, die den Unberührbaren als Tempel dienten; armselige Heiligtümer, in denen den Göttern des Grauens und der nächtlichen Gemetzel gehuldigt wurde.

* * *

Das Zimmer im Waterloo-Hotel, in dem der Inspector logierte, war mit einem Bett aus Teakholz und einem bequemen Korbflechtsessel ausgestattet; an der Wand hing ein Stich, der die Ankunft einer Kutsche in einer ländlichen Poststation Englands zeigte: staubige Rösser und rotbefrackte Postillions, schöne Damen in Krinoline und feine Herren in Gamaschen, eine ausgelassene Kinderschar, ein rotwangiger Koch auf der Haustürschwelle, in der Hand seine Spicknadel schwingend, ringsum kläffende Hunde. Dazu hohe Eichen mit dichtem Laub, die kühlen Schatten spendeten, nun, Bäume jedenfalls, die nichts von Kokospalmen an sich hatten. Der Stich war neu, noch nicht von der Feuchtigkeit zerfressen.

Ein beißender Geruch von Staub und Holzfeuer hing in der Luft; dazu eine Hitze, dass einem die Sinne schwanden. Im Schatten einer Jalousie stand er auf der Veranda, der Dicke, auf eine schmale Balustrade gestützt, die unter seinem Gewicht zu knacken begann, ließ seinen Blick über die seichten, glitzernden Wasser des Indischen Ozeans schweifen und drehte in den Fingern den Knochensplitter hin und her, den er am selben Tag im Garten des Anwalts gefunden hatte.

Eine riesenhafte Ratte, eines der heiligsten Tiere überhaupt, immerhin das Reittier des elefantenköpfigen Ganesha, des dickbäuchigen Gottes der Schwelle und der Erkenntnis, galoppierte geschäftig, ohne Peabody eines Blickes zu würdigen– ein unwiderlegbarer Beweis für das Wohlwollen der Götter gegenüber diesem Etablissement –, über die Veranda. Es war ihre Stunde. Denn diese Ratte, der das Hotelpersonal großen Respekt entgegenbrachte, ging zur festgesetzten Stunde einer mysteriösen, nichtsdestotrotz minutiösen Beschäftigung nach, die keiner je aufzuklären versucht hatte: Ihr Erscheinen zeigte so untrüglich an, dass es sechzehn Uhr war, wie ein am Observatorium von Greenwich ausgerichteter Chronometer.

Plötzlich standen vier junge Männer im Raum. Ohne anzuklopfen waren sie hereingeplatzt, um auf der Stelle mit offenem Mund zu erstarren: Einer mit Scheuerlappen, einer mit Eimer, die anderen mit hängenden Armen, so standen sie und schauten derart verblüfft auf Peabody, als hätten sie noch nie einen Europäer gesehen – dabei war er, von ein paar durchreisenden Händlern abgesehen, doch selbst das kam nur selten einmal vor, der einzige Gast im Hotel. Der Bulle sprach sie an: »Nur keine Hemmungen, Jungs, seht gut hin, kostet ja nichts. Bis euch die Augen übergehen! Wann bekommt man schon mal einen leibhaftigen Beamten der Krone zu Gesicht? Ich sehe aus wie ein Mensch, ganz wie ihr, und es scheint, dass der Schöpfer auch mich mit einer unsterblichen Seele ausgestattet hat.«

Dann brummte er noch: »Gott verdamm sie! Wenn ich von jedem, der mich wie ein seltsames Tier anstarrt, auch nur einen Anna genommen hätte, seit ich in diesem verflixten Lande bin, könnte ich heute von meinen Einkünften in einem gotischen Landschloss leben, mitsamt Kutscher in Livree und französischem Koch. Ich hätte einen Rosengarten und einen Billardsaal, und ich ginge ein vor Langeweile. Vielleicht, der Teufel soll mich holen, wäre ich mit einem jungen Weibsbild verheiratet und so was von gehörnt, dass ich mit meinem Geweih nicht mehr zum Tor hinauskäme.«

Die vier Kerle drehten wortlos ab. Ihre bloßen Füße hallten durchs Treppenhaus. Peabody versank erneut in die trübe Betrachtung des Ozeans und ging im Geist sämtliche Fakten durch, über die er seit dem Mittag verfügte. Ein dreieckiges Segel nahe am Horizont zog seine Aufmerksamkeit auf sich: Es gab nicht eben viele Anlegestellen, daher blieben die schwer beladenen Kutter stets in Küstennähe, ohne sich allzu weit auf hohe See hinauszuwagen, und eine Dhau, die sich in solcher Entfernung von Port Albert hielt, war mit allergrößter Wahrscheinlichkeit in illegale Geschäfte verwickelt. Gold oder Waffen, die abgabenfrei an Land geschmuggelt wurden, Silber, Opium, Tabak, Gewürze, die nicht minder verstohlen außer Landes gebracht wurden … Außer es handelte sich schlicht und ergreifend um eine ehrliche Ladung Kokosnüsse, Linsen oder Reis …

Der Inspector seufzte. Ach! Wenn er nur eine Dampfschaluppe

zur Verfügung hätte. Im Alleingang ohne Zoll und Küstenwache einer Dhau nachzusetzen, das wäre mächtig illegal gewesen. Illegal, aber verführerisch. Das hässliche Phantom der Abberufung breitete einmal mehr seine schwarzen Schwingen über Peabody aus, der den Knochensplitter achselzuckend zwischen den Fingern drehte und seine Notizen durchlas.

Der Zustand, in dem sich die Villa befand, legte nahe, dass ein Kampf stattgefunden hatte, mit Raub als Motiv, doch nichts war gewiss. In der ganzen Gegend war keine Sekte von Rutenritzern und Wadenbeißern bekannt; die Kreuze waren ein eher seltenes Ziermotiv. Von einem Gärtner, einem Koch und ein, zwei Gestalten ohne eindeutige Aufgaben einmal abgesehen, die sich offenkundig alle aus dem Staub gemacht hatten, hatte Shantidas für sich allein gelebt. Wenn ein streunender Verrückter dieses Verbrechen begangen hatte, dann gäbe es bald einen zweiten Mord …

* * *

Die Provinzbehörden rechneten damit, dass Gewürznelken und Kokosnuss, Pfeffer, Zimt und Kardamom aus dem Landesinneren bald reißenden Absatz fänden und es mit Port Albert folglich rasant aufwärts ginge. Und weil der zu erwartende Wohlstand etlichen ins Auge stäche, wäre der Hafen bald nicht nur von kräftigen Kerlen auf der Suche nach Arbeit nebst den unvermeidlichen Säufern und Herumlungerern überschwemmt, sondern auch von Heerscharen von Betrügern, dazu von Schmugglern, Huren und Zuhältern. Daher hatte man Peabody damit betraut, die frisch rekrutierten Polizisten in Uniform, die allzu oft vergaßen, dass kein Mensch von ihnen verlangte, die wirklichen oder vermeintlichen Missetäter zu Tode zu knüppeln, in Schach zu halten, bis die drei indischen Sub-Inspectors, die in Kürze zu seiner Unterstützung und späteren Ablösung eintreffen würden, da wären – er wartete immer noch auf sie.

Diese Mission war nicht etwa eine Strafversetzung, wie man hätte meinen können, sondern diente dem Zweck, dem Inspector zu erlauben, Gras über seine lautstarken Auftritte am Hof eines Radschas wachsen zu lassen, wo seine unkonventionellen Methoden einen Teil seiner Oberen, die sich mehr dem Buchstaben als dem Geist des Gesetzes verbunden fühlten, in ziemliche Wallung gebracht hatten.

»Ihnen ist schon klar, dass das alles nur pro forma ist«, hatte ihn ein gutmütiger Vorgesetzter beruhigt. »Im Augenblick ist in Port Albert rein gar nichts los, selbst die Ganoven, falls es dort überhaupt welche gibt, müssen vor lauter Siesta schon ganz rammdösig sein. Sie wissen ja, welch grauenhafte Langeweile unter den Kokospalmen herrscht. Kein vernünftiger Mensch geht dort freiwillig hin. Später werden wir über spannendere Einsatzmöglichkeiten für Sie nachdenken, wenn Sie diesen eingeborenen Hilfspolizisten erst einmal die nötigen Instruktionen eingetrichtert haben und die Sub-Inspectors eingetroffen sind. Und Ihr Ruhestand, der rückt ja auch immer näher, hab ich recht?«

Erbost hatte der Inspector das Gesicht verzogen und dabei seine langen gelben Zähne gezeigt, denn dem Ruhestand fieberte er ungefähr so heftig entgegen wie dem Galgen. Als Jugendlicher hatte er sich im Selbststudium Bengali und Hindustani beigebracht, und Polizist war er seit seinem zwanzigsten Lebensjahr. Mehrmals wäre er fast erdolcht, bei lebendigem Leibe verbrannt, von einem Elefanten zu Tode getrampelt oder irrtümlich erschossen worden, und er war so indisch, wie ein Engländer das nur sein konnte, das heißt indischer als die Polizei erlaubt. Außerdem hasste er Jagen und Fischen, Bergsteigen und Rosenzüchten, und die Aussicht auf den nahenden Ruhestand war für ihn alles andere als erfreulich.

»Erholen Sie sich gut«, hatte der andere wieder angefangen. »Gehen Sie fischen. Holen Sie sich keine Syphilis. Kurz, betrachten Sie es als eine Art Urlaub.«

»Ich und Urlaub? Ich nehme doch nie welchen. Ich arbeite ja sogar im Schlaf. Meine besten Einfälle sind mir stets im Tiefschlaf gekommen«, fügte der Dicke noch hinzu.

»Ganz wie Sie wollen. Aber denken Sie daran: auf keinen Fall irgendwelche missliebigen Vorstöße! Übrigens habe ich ganz nebenbei erfahren, dass, wie der Zufall der Versetzungen so spielt, Sie dort unten auf einen alten Bekannten treffen werden.«

Peabody hatte etwas mit fragender Intonation gegrummelt.

»Es handelt sich um den kleinen Batterbury-Woods, Sie wissen schon, den ehemaligen britischen Residenten am Hofe des Radschas, wo dieser unschöne Aufstand stattgefunden hat. Machen Sie doch nicht so ein Gesicht, er ist völlig harmlos.«

Der dicke Engländer sah vor seinem inneren Auge das Bildnis der Verlobten auf dem Schreibtisch des Residenten auftauchen, und ihm fielen die wenig unterhaltsamen Abende in den Tiefen des Palastes ein, die er in Gesellschaft des jungen Mannes sowie von Reverend Grosbeak und seiner Frau verbracht hatte. Zu viert hatten sie das britische Element an diesem Hofe verkörpert, von der örtlichen Aristokratie so gut wie ausgeschaltet.

In der Tat, Reginald Batterbury-Woods, der vorübergehend zum Hilfssteuereinnehmer in diesem Nest ernannt worden war, hatte, obwohl er noch keine dreißig war, bereits bessere Tage gesehen. Er hatte sich einst Hoffnungen auf eine glänzende Zukunft gemacht, bevor eine Palastrevolution, deren Anzeichen er nicht zu deuten verstand, all seine Aussichten zuschanden machte. Denn nachdem er sich den Unmut der Behörden in Kalkutta zugezogen hatte, blieb ihm als Ausweg vor dem Strick nur die Versetzung auf einen obskuren Posten im Dekkan. Mit seinem porzellanblauen Blick aus runden Brillengläsern, das helle Haupthaar stets tadellos gekämmt, schien Batterbury-Woods schwer unter der Ungnade, in die er gefallen war, zu leiden, und seine junge Gattin war ihm kaum eine Hilfe – bei ihrer Ankunft aus England am Ende einer langen Verlobungszeit hatte sie einen hohen Beamten zu heiraten geglaubt und fand sich nun an der Seite eines fürderhin übel beleumundeten Individuums wieder, eine elegante, brünette junge Frau mit ebenmäßigen, aber verschlossenen Zügen, die kaum einmal das Wort an ihn richtete.

Um die erlittenen Unbilden zu vergessen, traktierte der Hilfssteuereinnehmer unablässig die sechs unseligen indischen Schreiberlinge, die unter seiner Fuchtel schufteten, und sparte nicht mit schneidenden Bemerkungen in Bezug auf ihre Englischkenntnisse; denn in Ermangelung von Formularen diktierte er ihnen ellenlange Paragraphen in die Feder, die in einer verschnörkelten Amtsprosa abgefasst waren, von der sie nicht die Bohne verstanden. Sie klemmten angestrengt die Zunge zwischen die Lippen, tauchten ihre Federhalter ins Tintenfass und fragten sich, warum zum Teufel sie nur die väterliche Schreibstube verlassen hatten, um in der Steuerverwaltung des *British Raj* eine Laufbahn einzuschlagen, die ihnen nichts als Schmach einbrachte.

Peabody war nicht begeistert gewesen, in Port Albert jemandem zu begegnen, den er in Amt und Würden erlebt hatte, als Repräsentanten der britischen Krone an einem Fürstenhof, während er selbst nur ein unbedeutender Bulle kurz vor dem Ende seiner Laufbahn war. Denn der einstige Resident war kein mächtiger Feind, dessen jäher Sturz ihn erfreut hätte, kein donnernder Jupiter aus den allerhöchsten Kanzleisphären, der von seiner Wolke herab in die Sümpfe geplumpst war. Reginald Batterbury-Woods war ein Junge aus gutem Hause, der einen netten, eher naiven Eindruck machte, völlig fantasielos schien und eine fatale Neigung hatte, die hehren Reden seiner Vorgesetzten über den materiellen und moralischen Fortschritt, den die Kolonisation herbeigeführt habe, sowie über den ewigen Fortbestand des Empires für bare Münze zu nehmen. Aber nun gut, er hatte sich unvorsichtig gezeigt oder seine Instruktionen nicht zu deuten gewusst, und der Absturz folgte auf dem Fuße. Ein relativer Absturz, gewiss, doch ein Absturz. Da man nicht wusste, wohin mit ihm, hatte man ihn zurückgestuft und nach Kerala versetzt. Zu allem Überfluss ließ seine Sensibilität im Umgang mit öffentlichen Geldern zu wünschen übrig …

Richter Frazier dagegen, um die Galerie der britischen Einwohner von Port Albert zu vervollständigen, war ein kleiner dunkelhaariger Mann mit tief liegenden schwarzen Augen und einem hervorspringenden Kinn, dessen gesamtes Äußeres trotz seiner schlaffen Haut und eines düsteren Glanzes im Blick, der innere Unruhe zu offenbaren schien, große Vitalität verriet. Trotz des strapaziösen Klimas war er stets wie aus dem Ei gepellt, das Hemd immer bis oben zugeknöpft, dazu Krawatte und Korkhelm, und die Schuhe frisch geweißt. Er war um die vierzig, humorlos, verwitwet, verbrachte lange Abende über seinen Akten, statt wie ein normaler Mensch auf der Veranda auszuspannen, und war nicht eben für Milde gegenüber den Angeklagten bekannt. Die armen Kerle, die etwas angestellt oder ausgefressen hatten, fürchteten den Moment, da der Hammer des Gesetzes auf die kunstvollen Intarsien seines Schreibtisches niedergehen und der Richterspruch erklingen würde, der sie in ein garstiges Kellerloch verbannte, in dem sie alt und grau werden würden. Frazier war nicht nur ein erfahrener Jurist, sondern auch ein hervorragender Handwerker und hatte als großer Liebhaber von Regalen und Wandschränken eigenhändig all die Teakholzvertäfelungen ausgesägt, zurechtgeschliffen und angebracht, die »seinem« Gerichtssaal ein derart prächtiges Aussehen verliehen, dass er nicht das Geringste mehr gemein hatte mit jenen Landtribunalen, die in Hütten abgehalten wurden, deren Wände aus geflochtenen Palmenblättern bestanden, wenn nicht gar auf einem Stuhl vor einem wackligen Tisch im Schatten eines Mangobaums.

Man erzählte sich über Frazier, dass er ein großes Vermögen besitze und nach Indien gekommen sei, um unter seiner frenetischen Arbeitswut einen riesigen Kummer zu begraben– seine Frau, die er angebetet hatte, war zehn Jahre zuvor in England eines jähen Todes gestorben. Er beging keinerlei Exzesse, war sehr sportlich, in allem maßvoll und eher schweigsam, außer wenn es um sein Steckenpferd ging: Seine sich wiederholenden Vorträge über die richtige Ernährungshygiene, vor allem über die korrekte Kauweise, ermüdeten mitunter seine Tischgenossen. Solange man sich dem Gesetz nicht ungebührlich näherte, war er ein angenehmer Gefährte mit einnehmender Physiognomie, außer wenn ein hässlicher Tick seine Oberlippe nach oben zucken ließ.

* * *

Die Villa des Anwalts war gewissenhaft durchsucht worden, aber es hatten sich kaum weitere Anhaltspunkte ergeben. Die Mordwaffen waren und blieben verschwunden. Keinerlei persönliche Papiere. Weder Geld noch Gegenstände von größerem Wert. Die Villa hätte einem reichen Rentier gehören können, dem sein Mann fürs Grobe alle geschäftlichen Dinge abnahm.

Die in der Abstellkammer entdeckten Akten, verschnürt oder in Leinwand eingenäht, bestanden aus Tausenden oder besser Zehntausenden von Seiten, die im Wesentlichen zu Prozessen gehörten, die schon etliche Jahre zurücklagen. Eine Masse, die ein Einzelner unmöglich allein auswerten konnte. Da gab es Briefe, die in den verschiedensten Sprachen Indiens verfasst waren, von denen jede ihr eigenes Alphabet besaß ... Mutlos machte Peabody sich daran, den Stapel zu überfliegen, und entzifferte, wo er nur konnte, im Eiltempo die häufig von der Feuchtigkeit vergilbten, schon halb verschimmelten Blätter. Ob sie überhaupt von Belang für ihn waren? Denn in den meisten Fällen, Nachbarschaftsstreitigkeiten oder Erbschleichereien, ging es um Summen, deren Höhe jemandem in einem anderen Land nur ein müdes Lächeln entlockt hätte. Und nichts darin deutete auf eine Verbindung mit dem Mord hin. Peabody verschob die weitere Durchsicht auf später. Handelte es sich also doch eher um das Verbrechen eines Geisteskranken oder eines Erleuchteten, der einer lokalen Spielart des Kali-Ma-Kultes anhing, bei dem man der Göttin der Zerstörung den erstbesten Knaben, der einem über den Weg lief, zum Opfer brachte, wie es ja öfter vorkam?

Peabody betrachtete einmal mehr eingehend den Knochensplitter, ein Stück vom Schienbein, auf dem sich deutlich sichtbar saubere, gleichmäßige Spuren einer Säge befanden. Eingetrocknetes Blut, aber kein bisschen Rost. Er wickelte den Knochen wieder in sein Taschentuch, stopfte es in die Hosentasche und begab sich zur Polizeistation: »Hallo, Kameraden, an die Arbeit!«

Es waren die Sägen sämtlicher Tischler und Zimmerleute der Gegend zu überprüfen und Meldung über jedes Werkzeug zu machen, das sich in einwandfreiem Zustand befand. Die Hilfspolizisten blickten verstört, als hätte der Inspector Sahib plötzlich den Verstand verloren, und schützten dräuende familiäre Verpflichtungen vor, wurden jäh von Juckreiz, Schüttelfrost, Herzklopfen gepackt, von Sodbrennen, Blähbauch, Schwindelanfällen, sodass sie sich nicht vor nächster Woche an die Arbeit machen konnten, bis Peabody sie schließlich brüllend auf die Straße jagte. In Shorts und Khakihemd, mit Wickelgamaschen und bloßen Füßen, doch den Schnurrbart kriegerisch gesträubt, so schwärmten sie aus von Port Albert, mit einem robusten Knüppel in der Hand, und trauerten ihrer segensreichen Siesta nach.

# Zweites Kapitel

*Die Nacht war mondlos gewesen. Bei eingefahrenen Geschützen und geschlossenen Stückpforten machte die Brigantine am nächsten Morgen fünf Knoten Fahrt. Dennoch sahen die Piraten an Bord nicht ohne Besorgnis, wie ihr Verfolger, der alle Segel gesetzt hatte, immer größer wurde und sich jetzt schon deutlich vom wolkenlosen Blau des Himmels abhob, während um seinen Bug hoch die Gischt aufspritzte.*

*Käpt'n Borquolme, der aus dem normannischen Yport stammte, mit borstigem, fuchsrotem Backenbart, rief dem Ausguck vom Fockmars zu: »Holla, wackerer Juan Pedro, ist er deutlich zu erkennen?«*

*»So deutlich, Käpt'n, wie Ihr selbst, mit Verlaub«, erklang eine volltönende Stimme.*

*»Dann komm man wieder runter.«*

*Mit polterndem Lachen kam ein hünenhafter Schwarzer die Wanten heruntergeklettert, am Gürtel ein Entermesser, zwischen den Lippen eine Hispaniola-Zigarre.*

*Energisch schob der Normanne sein Fernrohr zusammen: »Und? Was sagst du?«*

*»Nichts leichter als das, Käpt'n«, antwortete Juan Pedro, während er mit einem Haifischhaken seine makellosen Zähne reinigte. »Das ist die* Worcester, *eine Zweiunddreißig-Kanonen-Fregatte der Royal Navy, die vor allerhöchstens sieben Jahren auf der Clyde-Werft vom Stapel gelaufen ist.«*

*»Du scheinst dir deiner Sache ja sehr sicher zu sein.«*

*»Ich habe ein Jahr lang ihre Decks gescheuert! Ihr müsst wissen, ich bin in Jamaika zwangsgepresst worden, ehe ich von Euren Landsleuten gefangen genommen und dann rekrutiert worden bin. Wenn diese verfluchten Goddams mich nochmal zwischen die Finger bekommen und*

*einer von denen mich wiedererkennt, dann knüpfen sie mich am erstbesten Mast auf.«*

*Tröstend reichte Borquolme Juan Pedro seinen Priem, und der biss kräftig hinein: »Oh ja, aufknüpfen tun sie mich …«*

*»He, Kopf hoch! Noch baumelst du nicht oben an der Rah.«*

*Zum Zeichen der Bekräftigung fluchte Juan Pedro höchst unflätig auf Spanisch, wobei er vor allem die Heilige Mutter des Erlösers und Ihre Milch beleidigte, desgleichen die Heiligen Apostel, das Ganze in Ausdrücken, die wir uns scheuen, an dieser Stelle wiederzugeben.*

*Borquolme griff erneut zum Fernrohr: »In der Tat, war ja damit zu rechnen, dass die Rosbifs hier herum auftauchen würden, und wenn das da keine Navy-Fregatte ist, dann will ich auf der Stelle in Batavia gehenkt werden, himmelkreuzundhalbmond!«, rief er aus und spie in hohem Bogen einen schwärzlichen Strahl über Bord. »Die Fregatte scheint ganz allein auf Jagd zu sein, es sei denn, hinterm Horizont versteckt sich noch ein zweites Schiff. Fast eine Nummer zu groß für uns.«*

*»Immer noch besser als ein vierundsiebziger Linienschiff«, entgegnete der Offizier.*

*»Nur hat diese hier uns ausgemacht und ist immerhin mit dem Doppelten unserer Artillerie bestückt. Ein Frachter wäre mir lieber, so ein fetter, dickbäuchiger Holländer, doch jetzt werden wir uns ein Gefecht mit dieser Fregatte liefern, und bringen tut es uns nichts, außer leerem Ruhm. Denn man tau. Ich weiß nicht, ob wir sie lange damit hinhalten können, aber zieht mal die Flagge des Königreichs Dänemark auf! Smutje, 'ne doppelte Ration Rum für die Mannschaft! Quartiermeister, scheucht den Schiffsjungen aus der Tonne, der kann sich auch mal nützlich machen, potztausend. Und holt die Bramsegel bei, zum Beelzebub! Es muss nach wilder Flucht aussehen! Haltet euch bereit, die Stückpforten zu öffnen und die Batterien auszufahren! Tempo, Männer! Oder muss ich euch erst den Hintern polieren?«*

*Die rote Flagge mit dem weißen Kreuz wanderte langsam an der Gaffel des Korsaren empor und entfaltete sich mit ebensolcher Unschuld, als wehte sie auf den Festungsmauern von Schloss Elsinor.*

Im Bann seiner Lektüre, von der er sich, ganz im Gegensatz zu den muffigen Papieren des Rechtsanwaltes, nur höchst widerstrebend trennte, wäre Peabody fast in eine mit schwarzen Blasen übersäte Schlammpfütze geplumpst. Im letzten Moment sprang er zur Seite und landete prompt in einem Berg Schweinemist. Ein paar Jungens schütteten sich vor Lachen aus. Fingerschnipsend verscheuchte er eine Ameise, die über seine Glatze stolzierte, steckte sein Buch in die Tasche und setzte grummelnd seinen Weg fort. Würde er, wenn er weiterhin so beim Gehen läse, ohne zu sehen, wohin er die Füße setzte, eines Tages jenen alterslosen Studenten ähneln, die mit staubigen Sandalen durch die Parkanlagen schlurften, während sie stotternd ihre Lektionen lernten? Die *khar khôn,* »jene, die wie die Esel lesen« – so wurden sie von den Scherzbolden genannt, die ein bisschen Persisch konnten …

Ganz wie der Inspector vermutet hatte, bestätigte Richter Frazier ihm, dass sich in den örtlichen Gerichtsarchiven kein einziger Hinweis auf ein vergleichbares Verbrechen fand. Und Shantidas hatte in Port Albert immer nur in ganz und gar belanglosen Zivilprozessen plädiert, ländliche Dramen, bei denen es im besten Fall um fünfzig Rupien ging. In den Steuerregistern kam er überhaupt nicht vor; die beiden vor Ort verbliebenen Hilfspolizisten rissen die Augen auf, als sie seinen Namen hörten, und die Leute auf der Straße waren vollends überrascht; sie schienen überhaupt noch nie von dem gehört zu haben, der als einer der einflussreichsten Notablen der ganzen Malabarküste galt. Die Erinnerung an ihn löste sich auf wie ein Phantom, nicht mehr lange, und es hätte ihn nie gegeben. Anders als gewohnt hatte Peabody keinen blassen Schimmer von der hiesigen Sprache, die den Einheimischen blubbernd über die Lippen floss, ohne je den Rachenraum zu berühren, und die Polizisten im Kommissariat konnten bestenfalls ein paar Brocken Englisch. Bei jeder Frage, die der Inspector auf Hindi stellte, zogen die Frauen vergrätzt ihre Saris enger, und die schmalen Schnurrbärte der Männer begannen zu beben.

In einem für dieses Tropenklima absolut bewundernswerten Anfall professioneller Gewissenhaftigkeit nahm sich Peabody, ohne den Richter in Kenntnis zu setzen, die verschnürten Aktenbündel von neuem vor und überflog die überquellenden Papierberge des Anwalts von A bis Z, soweit er sie eben verstand. Ohne recht zu wissen warum, notierte er in sein Heft die Namen sämtlicher Ganoven, die Shantidas hatte verurteilen oder freisprechen lassen.

Es war die letzte Januarwoche, und das Dampfboot *Dehra Dun* würde in frühestens vierzehn Tagen in Port Albert einlaufen. Doch die Reise durchs Landesinnere, über Kanäle und tote Flussarme oder abscheuliche Wege, auf denen Ochsenkarren mit Mann und Maus im Morast versanken, war höchst beschwerlich: Und so sandte Peabody, um erste Erkundigungen über den Charakter des Anwalts einzuziehen, mehrere Telegramme nach Cochin, in die Provinzhauptstadt, wobei er dem Telegraphisten leutselig drohte, ihn im Falle der leisesten Indiskretion pfählen zu lassen. In früheren Zeiten hatten die Radschas, die an dieser Küste herrschten, Nachfahren der Götter, im Faltenrock und mit gehörntem Turban, nicht gezögert, bei einem simplen Verstoß gegen das Protokoll so zu handeln, und diese dämonischen Engländer waren zweifelsohne noch schlimmer; drum verhielt sich der Telegraphist mucksmäuschenstill, bis ein willkommenes Trinkgeld seine Züge glättete.

Das erste Telegramm war an die Polizei von Cochin gerichtet, um in Erfahrung zu bringen, ob Anwalt Shantidas polizeilich erfasst war, wenn ja, aus welchem Grund, ob er den Behörden Ärger gemacht hatte, politisch oder auch und vor allem in puncto Sittlichkeit – eine fixe Idee des Inspectors, für den die Wollust die Welt so fest regierte wie sonst nur Gold oder Eitelkeit. Das zweite Telegramm ging an die Bank, bei welcher der Verstorbene ein Konto geführt hatte, und erbat sich Kooperation. Das dritte war ein Beileidsschreiben an die Adresse der städtischen Anwaltskammer, in dem Peabody in blumigen und wohltönenden Worten in einer Kaskade orientalischer Beredsamkeit den tragischen Verlust des Ciceros von Malabar beklagte.

* * *

Der Inspector leistete Father O'Reillys dahingehender Aufforderung sogleich Folge und ließ sich in einen der ramponierten Korbsessel fallen, den einzigen Luxus der Missionsstation Saint Anthony, die sich eine halbe Stunde Fußmarsch von Port Albert befand. Er schnüffelte, ohne sie anzuzünden, an einer seiner schrecklichen grünlichen Zigarren: »Kommen wir zur Sache, Father. Ich brauche einen Dolmetscher, aber ich kann ihn nicht bezahlen. Könnten Sie mir vielleicht einen Freiwilligen aus Ihren Reihen besorgen?«

»Sie sind ja erfrischend direkt!«

»Außerdem kennt mich noch niemand hier im Bezirk, da käme mir eine Verkleidung für unterwegs gerade recht. Um ehrlich zu sein, ich könnte mir gut vorstellen, in die Kutte eines frisch eingetroffenen europäischen Priesters zu schlüpfen … Diese weißen Soutanen sehen mir ganz so aus, als wären sie verteufelt bequem!«

O'Reilly, ein altersloser, stämmiger Ire, lachte schallend los: »Sie sollten sich mal im Spiegel betrachten! Man würde Sie selbst noch auf eine Meile Entfernung erkennen! Father Peabody! Das wäre was! Und wie lautet bitte schön Ihr Vorname?«

»Josaphat. Kennen Sie die Legende vom Heiligen Josaphat?

Nein? Dabei ist die durchaus recht interessant. Der griechische Eigenname Ioasaph geht auf das syrische Buddasf zurück, das sich seinerseits von Buddha ableitet. Sankt Josaphat ist zweifelsohne eine christianisierte Inkarnation des Erleuchteten. Was nun Mencius anbelangt, meinen zweiten Vornamen, das ist die latinisierte Variante von Meng-tzu, jenes Ihnen nicht unbekannten chinesischen Philosophen, der uns lehrt, dass der Mensch von Natur aus gut sei. Eine komische Vorstellung, nicht wahr? Meine Eltern hatten einen Hang zum Originellen, müssen Sie wissen.«

Das Lachen wurde noch stärker. »Sie schrecken aber auch vor nichts zurück! Buddha und Meng-tzu! Und jetzt noch Father Josaphat! Zu komisch! Sie sind ein echter Witzbold! Haha! Die Courage muss man erst mal haben, mich um einen Dolmetscher *gratis pro Deo* zu bitten!«

Der Missionar prustete los, dem Ersticken nahe, mit Tränen in den Augen. Peabody, schwer beleidigt, war wie versteinert.

»Nun ja … Klopfet an, so wird euch aufgetan! So steht es geschrieben«, fuhr O'Reilly endlich fort.

Ein schmaler brauner Arm tauchte hinter dem Vorhang der Strohhütte des Missionars auf und schüttete den Inhalt einer Waschschüssel in hohem Bogen ins Freie, dann kam ein junges Mädchen hervorgeschlüpft, zupfte sich den Sari zurecht und entfernte sich unter dem Klirren schwerer Silberreifen, die es um die Fußknöchel trug. Sie mied den inquisitorischen Blick des Polizisten, der aufgesprungen war und sich zurückhalten musste, um nicht an der Schüssel zu schnuppern. Er hätte schwören können, dass noch schleimiges Sekret daran klebte. Diese verfluchten Missionare schwängerten mehr Mädchen, als dass sie Kindern das Lesen und Schreiben beibrachten.

Mit einem Griff, der einem Büffel hätte den Hals umdrehen können, zerquetschte Father O'Reilly eine Mücke, die sich prall vor Blut auf seiner weißen Soutane niedergelassen hatte, dann rief er einen Handlanger herbei, der gerade zugange war, mit einem Fangnetz Laub, Bananenschalen und verendete Mäuse aus einem Brunnen herauszufischen. »Timothy!«

»*Yes, father?*«

Der Getaufte, ein drahtiger kleiner Kerl mit bloßen Füßen, in zerrissenen Shorts und Khakihemd, kannte nur diese zwei englischen Wörter und zögerte, was keineswegs unangenehm war, auch nicht, sie zu verwenden. Peabody registrierte, dass er unter seinen Shorts rein gar nichts trug und der Schöpfer sich seinem Geschöpf gegenüber nicht kleinlich erwiesen hatte.

»Hol mir Bonaventura herbei!«

»*Yes, father!*«

»Nehmen Sie doch wieder Platz, Inspector. Was darf ich Ihnen anbieten?«

Der Angesprochene lehnte murmelnd ab, während er sich unter seinem Gürtel kratzte. Der Handlanger kam nach einer Viertelstunde zurück, im Schlepptau einen wahren Goliath von vielleicht zwanzig Jahren, der ebenfalls in einer weißen Soutane steckte, mit dunklem Teint, sanftem Blick und einem wallenden Prophetenbart.

»Inspector«, bemerkte der Missionar, »ich stelle Ihnen den Seminaristen Bonaventura vor, eines unserer fähigsten Elemente. Bonaventura, das ist Inspector Josaphat Mencius Peabody.«

Der junge Riese zermalmte charmant lächelnd Peabodys Speckpfote und verneigte sich stumm.

»Schönen guten Tag«, stammelte Peabody, dessen Rechte völlig gefühllos war, während Father O'Reilly fortfuhr: »Bonaventura hat schon als Kind Englisch gelernt. Er assistiert mir, bis er selbst ordiniert wird. Ich überlasse ihn fürs Erste Ihnen, Inspector. Er wird für Sie dolmetschen.«

»Sind Sie einverstanden, Bonaventura?«, fragte Peabody. »Denn Sie erweisen mir da einen unschätzbaren Dienst.«

Der Riese verbeugte sich wortlos und faltete die Hände. Raben mit dicken, glänzenden Schnäbeln hüpften respektlos um sie herum. Der Engländer ließ seinen Blick durch die Gegend schweifen: »Sieht nicht so aus, als ob Sie sich hier auf die Füße treten. Zur Missionsstation Saint Anthony gehören ausgedehnte Ländereien, hab ich recht?«

»Gott bewahre mich vor der Sünde des Hochmuts, Inspector, aber mitsamt Kokosplantagen und Dschungelwäldern bedeckt unsere Station eine Fläche, die rund einem Viertel der Grafschaft Galway entspricht«, antwortete der Missionar. »Und die ist keineswegs leer: Wir haben hier zahlreiche Seelen zu retten. Übrigens ist das auch der Grund, weshalb Sie Schwester Mary vom Rosenkranz heute nicht kennen lernen werden, die eine ganz wesentliche Rolle bei uns spielt: Sie ist unterwegs im Landesinneren, um Balsam in die Wunden an Seele und Leib zu träufeln, denn von uns allen verfügt sie über die meisten medizinischen Kenntnisse.«

Die beiden Geistlichen blickten demütig zum Himmel empor. Dort kreisten in großer Höhe die Geier. Peabody machte ein andächtiges Gesicht und stellte sich eine alte, von der Tropensonne gedörrte barsche Nonne vor, mit Händen und Füßen wie ein Dockarbeiter und einem Kinn voll haariger Warzen. Bis O'Reilly das Thema wechselte und »Timothy!« rief.

*»Yes, father?«*

»Lauf und hol Anselmus herbei!«

*»Yes, father!«*

Dieses Mal war es ein schmächtiger, kleinwüchsiger Seminarist mit feuchten Lippen und trübem Teint, der da auftauchte. Sein Händedruck war so klamm wie der des Verräters im Varieté-Theater. Er begrüßte den Inspector mit ausgesuchter Höflichkeit in gedrechseltem Englisch, während O'Reilly ihm diskret zuflüsterte: »Anselmus ist unter unseren Getauften einer der brillantesten Köpfe. Einer mit Zukunft. Nun denn, meine Herren, jetzt, da alle miteinander bekannt sind ...« Der Pater hob seine Würgerfaust: »Timothy!«

*»Yes, father?«*

»Whiskey!«

Der Handlanger verstand auch dieses Wort und brachte alsbald einen Steingutkrug, eine Karaffe trüben Wassers und schmierige Gläser, an denen die Fliegen klebten, angeschleppt. Der Missionar schenkte schwungvoll ein: »Meine Herren, trinken wir auf unsere Begegnung. Nun, da Sie offenbar auf der Fährte der Mörder dieses Anwalts sind, möge Unser Herr Sie in Seine Obhut nehmen, Inspector, denn Sie werden es mit schlimmen Strolchen zu tun bekommen. Die noch dazu nicht ganz richtig im Kopf sind, würde ich sagen.«

»Nicht ganz richtig im Kopfe? Im Gegensatz zu jenen ehrbaren Mördern, die allesamt brave Familienväter, treu sorgende Ehemänner und liebende Söhne geblieben wären, hätte man sie nicht eines Tages gereizt! Ach! Was wissen Sie denn schon davon?«

Ein lautloser, aber finsterer Furz entfleuchte dem Inspector. Oh Josaphat, das war der Zwiebeln und Linsen zu viel. Auch mit dem Chili-Öl solltest du's nicht übertreiben.

»Aber ... Bei allem, was die Leute so reden ...«

»Die Leute ... die reden einfach viel zu viel«, schloss der Dicke mit ausdrucksloser Miene.

Sie prosteten einander zu und tranken, das heißt, Peabody nippte zaghaft am Alkohol und stellte sein Glas gleich wieder ab. Anselmus schlürfte in kleinen Schlucken, während er sich die feingliedrigen Hände rieb, allein Bonaventura, der sich an Father O'Reilly ein Beispiel nahm, trank zügig aus und strich sich danach über den Bart. Nicht ein Sterbenswörtchen hatte er seit Beginn der Unterhaltung von sich gegeben.

Der Priester zog Peabody unter dem Vorwand, ihn eine von Timothy angelegte Nelkenrabatte bewundern zu lassen, mit sich fort: »Als Bonaventura ein Baby war, wurde er von seiner Familie während einer Hungersnot einer Missionsstation anvertraut, und danach hat ihn dann keiner mehr abgeholt. Anselmus hat schon sehr früh, als er noch auf der Missionsschule war, alle Anzeichen einer glühenden Berufung gezeigt und nie den Wunsch geäußert, in sein Dorf zurückzukehren. Die Seinen waren froh, einen Esser weniger durchbringen zu müssen. Anselmus ist sich seines Wertes wohl bewusst. Ein wenig zu sehr sogar, er empfindet es fast schon als Schikane, dass er noch nicht Kardinal ist! Der erste indische Prälat, Sie sehen, aus welchem Stoff der ist. Grämt sich jetzt ganz furchtbar ...«

»So sehr nagt der Ehrgeiz an ihm?«

»Zumindest gebricht es ihm an Demut. Im Gegensatz zu Bonaventura, der ein ganz ausgeglichener Junge ist, hat Anselmus immer das Gefühl, dass ihn keiner liebt, und lässt nichts ungetan, dass es dann auch so kommt. Na ja ... Sie können sich denken, dass die Kirche für die beiden jungen Männer der einzige Bezugspunkt ist.«

Der Inspector verkniff sich jeden Kommentar. Da er nach Hause wollte, rief er nach einer Weile mit lauter Stimme: »Jetzt ist es aber Zeit! Father, ich bin Ihnen unendlich dankbar. Bonaventura, ich hoffe, Sie sind nicht auf den Mund gefallen.«

»Nein, Inspector Sahib«, antwortete der Seminarist in einem prachtvollen Bass, »aber ich kann Leute, die grundlos reden, nicht leiden. ›Lass deiner Worte wenig sein‹, heißt es beim Prediger Salomo. ›Und was darüber ist, das ist von Übel‹ ...«

Dann musst du dich in diesem verflixten Land ja ziemlich fehl am Platze fühlen, dachte Peabody und behielt einmal mehr seine Überlegung für sich.

Kein Fuhrwerk, kein Ochsenkarren, keine Rikscha. Nur ein schlechter Weg mitten durch den Sand. Die übliche Gluthitze. Morgen war der erste Februar. Wie viele Monate waren es noch bis zum Monsun, wenn die Sturmböen wild die Palmen peitschten, der Himmel stahlgrau war, der Regen heiß herunterprasselte? Auf dem Rückweg durch die Kokoswälder nach Port Albert zertraten sie jede Menge Krebspanzer und wurden von Scharen von Kindern umringt, die sie am Ärmel zogen, ihnen auf den Füßen herumtrampelten und einander quietschend zur Seite schubsten.

* * *

Die uniformierten Hilfspolizisten waren ihrerseits, nachdem sie sich zehn Tage lang rechts und links des Weges durchgefressen, sich das Recht der ersten Nacht herausgenommen und sich heimlich mit Palmwein abgefüllt hatten, unverrichteter Dinge, wenngleich mit praller Hose und hängendem Schnurrbart von ihrem Ausflug ins Hinterland zurückgekehrt.

Ihre Ermittlungen hatten nichts Überraschendes zutage gefördert. Um das weiche Holz der Kokospalmen zu bearbeiten, benötigte man kein besonders gutes Werkzeug. Deshalb arbeiteten die Zimmerleute und Tischler der Gegend normalerweise mit Buschmesser und Dachsbeil, und anstelle von Nägeln nahmen sie, was einen einigermaßen rustikalen Effekt erzeugte, in der Regel eher Lianen, um die Einzelteile zusammenzufügen. Wenn sie aber zufällig einmal eine Säge besaßen, dann war das ausnahmslos ein altes Ding mit verrostetem Blatt und oft so zahnlos, dass man damit nur mit Mühe ein Palmblatt, und sei es noch so trocken, hätte abtrennen können. Geschweige denn ein Schienbein.

* * *

Reglos lag der Ozean da. Er war von leuchtendem Blau. Weißer Sandstrand, bis der Blick sich verlor, sengend heiß, nur hier und da die Schleifspur von einer Piroge. Oder ein Häufchen, denn die Einheimischen nutzten den Strand vor allem zur morgendlichen Erleichterung. Die Raben in den Kokospalmen krakeelten, was das Zeug hielt, und übertönten das metallische Knirschen der Palmwedel. Im kargen Schatten, den sie spendeten, schäumte der Inspector, die Stiefel voll Sand, das Hemd bis zum Nabel geöffnet, vor hilfloser Wut: Auf keines seiner Telegramme war bisher eine Antwort gekommen, und er wusste, es wäre kindisch, dafür den Telegraphisten zu schelten, einen Subalternen, der in seinem Schuppen am Ortsrand vor sich hinschmorte. Der baumlange Bonaventura dagegen hatte nicht einen Knopf seiner weißen Soutane geöffnet, bewahrte seine Gelassenheit und war sehr viel gesprächiger als bei ihrem ersten Zusammentreffen: »Als Father O'Reilly mich vorgestern bat, Ihnen zur Hand zu gehen, hat er mich schon vorgewarnt, dass Sie mich vermutlich bei jeder Gelegenheit würden pfählen wollen und Tag und Nacht wie ein Heide fluchten«, bemerkte er mit Grabesstimme.

»Wollen Sie damit sagen, dass mein Verhalten so vorhersehbar ist wie das eines aufziehbaren Spielzeughasen?«, fragte der Engländer gequält zurück.

Statt einer Antwort lachte der Seminarist nur spitz. Peabody zog an seiner grünlichen Zigarre: »Wie ein Heide fluchen, na wunderbar! Hat der Priester Ihnen vielleicht auch erzählt, dass Blut herausspritzt, wenn Sie in die Hostie beißen, und dass es Teufel gibt, die Sie ins Höllenfeuer zerren?«

»Das ist überhaupt nicht sein Stil! Solche Eseleien hat er uns erspart. Wissen Sie, Dämonen, die haben wir hier schon zu Millionen, und die sind so dumm und blutrünstig, wie man sich nur vorstellen kann. Mit Scheusalen dieser Art lässt sich hierzulande keiner bekehren. Im Gegenteil, die Leute würden schleunigst Reißaus nehmen. Sehen Sie, sie wünschen sich vor allem Götter, die ihnen einen guten Fang garantieren können und nachts nicht um die Dörfer schleichen, um Seelen zu rauben ... Sie können sich denken, um Ihnen nur ein Beispiel zu geben, dass die Fürsprache des Apostels Petrus, des Fischers, sich ganz besonderer Nachfrage erfreut.«

»Wenn Sie es sagen ...«

Plötzlich begannen die Augen des Inspectors zu funkeln, und auf seiner Glatze perlte der Schweiß. Er bat Bonaventura, sich ruhig zu verhalten, und zog ihn am Arm in die Deckung des Palmenhains.

Mrs Batterbury-Woods hatte ein dickes marineblaues Wollkleid an, welches knöchellang war, langärmlig und bis zum Hals zugeknöpft. Darunter trug sie, soweit sich erkennen ließ, ein Fischbeinkorsett sowie Strümpfe und Kautschuksandalen, und stakste derart gewandet behutsamen Schrittes ins warme Wasser.

Ihre Dienerin beobachtete verblüfft dieses Treiben und zog den Sari noch fester um ihr Haar. In den Augen einer Dörflerin war es unbegreiflich und gottlos, dass jemand nur zur Entspannung im Meer badete, ohne dass es der spirituellen Reinigung diente, obwohl das immer noch weniger schockierend war, als wenn einer aus purem Vergnügen schwamm, wie es Sitte bei den Ingiriss war. Und natürlich konnte sie, wie die meisten Fischer am Ort, ohnehin nicht schwimmen.

Nicht weit davon, halb hinter einer Palme versteckt, beobachteten Peabody und Bonaventura die Szene. Der Inspector bemerkte gegenüber dem gicksenden Seminaristen, dass diese jungfräulichen Strände, falls so absurde europäische Moden wie die des Badens im Meer sich bis hierher ausbreiten sollten, bald von krebsroten plappernden Badegästen, aufdringlichen Krapfenverkäufern und pinkelnden Kindern überschwemmt sein würden. Der Riese deutete ein Lächeln an und strich sich über den Bart: »Nicht jeder hätte vielleicht etwas dagegen einzuwenden … Sehen Sie nur, Inspector Sahib, die Gemahlin des Herrn Steuereinnehmers besitzt eine wirklich unvergleichliche Eleganz. Eine Skulptur ohne Fehl und Tadel. Wie hoheitsvoll sie das Haupt hält! Welch schlanke Silhouette! Obgleich …«

Die Engländerin war jetzt bis zum halben Oberschenkel ins Wasser eingetaucht. Ihre Dienerin stand fassungslos am Strand, wie erstarrt.

»Obgleich was?«, quakte der Dicke.

»Hm, nun ja, vielleicht ist sie doch ein bisschen mager … Sehen

Sie mal diese Hüften, nicht eben üppig. Und die Schenkel, wenn ich recht sehe … Ob ihr Mann nicht genug verdient, um sie anständig zu ernähren?«

»Bonaventura, darf ich Sie daran erinnern, dass Sie sich auf die Priesterweihe vorbereiten«, mahnte Peabody bewusst unterkühlt. »Auch wenn Sie kein Keuschheitsgelübde ablegen, so verlangt doch keiner von ihnen, dass Sie die Reize ihrer künftigen Schäfchen derart detailliert aufzählen. Und, unter uns, noch dazu die einer Engländerin, denn Sie kennen ja die bedauerlichen Vorurteile gegenüber den … Einheimischen.«

»Gegenüber den Dunkelhäutigen, wollen Sie wohl sagen? Das hab ich schon gemerkt! Aber Sie predigen Wasser und trinken selbst Wein!«, bemerkte der Koloss im tiefsten Bass. »Ich habe doch gesehen, wie Ihre Augen begehrlich geleuchtet haben, als Sie diese Frau angesehen haben. Sie waren unkeusch im Geiste, Inspector Sahib.«

»Im Geiste! Und Sie, haben Sie etwa nicht fünfhundert Mal am Tag unzüchtige Gedanken? Jetzt machen Sie aber kein Theater!«

Ein Mückenschwarm surrte um sie herum. Und die beiden Männer sahen mit ausgedörrter Kehle, wie Mrs Batterbury-Woods bis zur Taille im Wasser watete, dann mehrmals hintereinander in die Hocke ging und wieder hochkam. Ihr Wollkleid klebte jetzt eng an den Hüften. Peabody fuhr sich mit der Zunge über die Lippen: »Gott verdammich, ich kann die Einzelheiten nicht erkennen.«

»Wir bräuchten ein Fernglas. Ich bin nach wie vor der Meinung, dass sie ein wenig mager ist«, fing der Seminarist wieder an.

»Bonaventura, wenn Sie erst meine Lebenserfahrung haben, werden Sie sich vor jedem vorschnellen Urteil hüten. Diese Frau ist das, was ich eine *fausse maigre* nenne.«

Mrs Batterbury-Woods deutete im klaren Wasser ein paar langsame, laszive Schwimmbewegungen an. Der Seminarist lachte belustigt auf und beschimpfte gleich darauf einen Raben, der ihm die Soutane bekleckst hatte. Peabody hob den rechten Zeigefinger in die Höhe und holte tief Luft: »Hören Sie gut zu, junger Mann. Ich weiß, wovon ich rede. Mehr noch als die Dampfmaschine, das freie Unternehmertum und die parlamentarische Demokratie ist das Konzept der *fausse maigre* einer der entscheidenden Beiträge des Westens zur Weltkultur.«

»Das begreife ich nicht.«

»Werden Sie noch.«

Peabody umfasste mit beiden Händen seinen Kugelbauch und schüttelte vor den Augen des Seminaristen, der den Blick abwandte, seine Speckmassen: »Die Leute in diesem Land haben einen Hang zur Übertreibung: Ihr neigt dazu, weibliche Schönheit nach den Kriterien eines Pferdehändlers zu bemessen. Für euch ist die begehrenswerteste Kreatur oft jene, die am meisten Kilo auf die Waage bringt. Ich, der ich zu Ihnen rede, gelte zum Beispiel, wenn ich das mal so sagen darf, nach hiesigen Maßstäben als schöner Mann.« Das war ein für Peabody ebenso kühner wie seltener Anfall von Selbstgefälligkeit.

Bonaventura antwortete nicht und dachte nur, dass der »schöne Mann« mit seinen zweihundertfünfzig Pfund Lebendgewicht sich vermutlich schon lange Jahre nicht mehr hatte pinkeln sehen können. Der Engländer fuhr fort: »In Europa, wo man ja ebenfalls die üppigen Formen schätzt – doch, Gott sei's geklagt, wie lange noch? –, misstraut, wer einen guten Geschmack besitzt, dem äußeren Schein …«

In diesem Augenblick erklangen Schreie. Die Badende war urplötzlich von einer tückischen, längs der Küste verlaufenden, jäh zum offenen Meer hin wegdriftenden Strömung mitgerissen worden und rief um Hilfe, während ihre Dienerin laut aufheulte. Polizist und Seminarist kamen aus ihrem Palmenversteck gestürzt und mühten sich durch den feinen Sand in Richtung Strand. Doch einer war schneller als sie, ein athletischer Fischer, der aus seiner niedrigen Strohhütte hervorsprang und mit langen Schritten zum Meer hin spurtete. Seine stählernen Muskeln leuchteten wie

Bronze, wie der Inspector erbost bemerkte. Der Malabar-Neptun warf sich ins Wasser, war als gewandter Schwimmer im Nu bei der Schönen angelangt, zog sie aus der Strömung fort und brachte die ohnmächtig in seinen Armen Liegende rasch an den Strand zurück. Schwitzend und sandverklebt mühten Peabody und Bonaventura sich ab, die junge Frau wieder zu sich zu bringen, dabei tauschten sie beredte Blicke hinsichtlich der Formen aus, die sich unter dem nassen Wollstoff deutlich abzeichneten. Sie beglückwünschten den Fischer, der noch nicht einmal wagte, die Memsahib auch nur anzuschauen, und versprachen ihm eine Belohnung, doch insgeheim waren sie fuchsteufelswild, dass er ihnen zuvorgekommen war. Ihr tropfnasses Kleid färbte den Sand hellblau. Die Gerettete schlug die Augen auf, blickte unzufrieden in die Welt und zupfte energisch an ihrem Saum, der einen Finger breit nach oben gerutscht war. Die feuchte Wolle kratzte auf der Haut, aber sie ließ sich nichts anmerken. Sie bedachte sämtliche Anwesenden mit demselben mürrischen Blick, behandelte die Inder wie Luft, musterte den Inspector von oben herab und fing Streit mit ihrer Dienerin an.

Man benachrichtigte Batterbury-Woods in seinem Steuereinnehmerbüro, damit er seine Gattin trösten komme, doch diese schien von seinem Anblick, hochroter Kopf vom Laufen, zerzaustes Haar, die runden Brillengläser beschlagen, nicht sonderlich erbaut. Sie warf ihm einen niederschmetternden Blick zu – er wirkte so unglücklich wie ein kleiner Junge, der von seiner Mutter gescholten worden ist – und rief: »Aber so tun Sie doch endlich etwas, Reginald!«

»Debora, liebes Herz, ich …«

»Sehen Sie denn gar nicht, dass ich klatschnass bin? Gütiger Gott! Ich hol' mir noch den Tod!« (Es war so heiß wie in einem Hochofen.) »So lassen Sie doch endlich ein Automobil kommen!«

»Liebes Herz, Sie vergessen, dass es in Port Albert keine Automobile gibt.«

Mrs Batterbury-Woods schluchzte geräuschvoll auf: »Mein Gott, welch ein grauenhaftes Land! Und mein Gatte: ein kleiner, unbedeutender Steuereinnehmer! In diesem elenden Kaff! Hilfssteuereinnehmer, noch dazu auf Zeit, wie erniedrigend! Mutter hatte mich ja gewarnt, dass ich nicht wüsste, was mich hier erwartet. Man hat mich der Lächerlichkeit preisgegeben! Oh! Ihre Familie wird die Konsequenzen zu tragen haben, darauf können Sie sich verlassen, Reginald!«

Das Schluchzen wurde stärker. Stumm betrachteten der athletische Lebensretter, Peabody und Bonaventura, der sich mit einer sinnlichen Geste über den Bart strich, die Szene. Batterbury-Woods flehte um Vergebung: »Liebes Herz, ich werde alles tun, um …«

»Lassen Sie mich in Ruhe, mein Herr. Vater wird diese Schmach zu rächen wissen. Warten Sie nur ab, mein Herr.«

Die Dienerin wickelte die zürnende Gattin in ein großes Baumwolltuch und begleitete sie zu ihrem Bungalow.

* * *

Binnen einer Viertelstunde war er heruntergebrannt, der Lebensmittelladen an der Hauptstraße von Port Albert, ein Bau aus Wellblech und Holz, in dem auch Haushaltswaren und Dinge für den landwirtschaftlichen Bedarf bereitgestellt wurden. Niedergeschmettert lehnte Vimala, der Inhaber, inmitten der Trümmer an den geschwärzten Pfosten; hinter ihm stand Devi, seine junge Frau, im Baumwollsari und mit silbernen Fußreifen, schaukelte auf ihren mageren Armen ein Baby und sang mit näselnder Stimme ein Wiegenlied. Bonaventura beugte sich ans Ohr des Inspectors, um zu dolmetschen, während der Lebensmittelhändler die Hände rang:

»Es ist meine Schuld, Inspector Sahib, ich habe eine falsche Bewegung gemacht, da ist die Petroleumlampe umgestürzt und alles ist in Flammen aufgegangen«, sagte der Mann mit sich überschlagender Stimme. »Das Holz ist um diese Jahreszeit extrem trocken, Sie wissen ja.«

Er hörte gar nicht mehr auf, sich zu entschuldigen. Peabody nickte und schob behutsam den Ärmel hoch, den Vimala bis zum Handgelenk heruntergekrempelt hatte. Der Unterarm war voller runder Brandflecken. Der Händler wich ängstlich wimmernd zurück: »Das war ein Unfall, ich schwör's Ihnen! Das alles ist nur meine Schuld! Sie brauchen gar nicht weiter zu suchen.«

Der Dicke ließ, während er einen kräftigen Zug aus seiner Zigarre nahm, den Blick Port Alberts einzige Straße entlangschweifen, auf der die Stille lastete, bis hin zum Ozean, der flach und eben in der Hitze lag. Vimala tropfte der Schweiß vom Gesicht. Bonaventura rührte sich nicht. Der Inspector stellte fest: »Sie haben dich mit der Zigarette verbrannt, diese Schweine.«

»Nein! Niemand hat mir etwas getan! Ich habe Ihnen doch gesagt, dass es ein Unfall war.«

»Versuch nicht abzulenken! Sag mir, wo diese Schakale herkommen, die euch Schutzgelder abpressen, mit der fadenscheinigen Begründung, sie müssten euch vor uns beschützen, weil ja alle Welt weiß, dass wir kleine Kinder fressen!«

»Keiner erpresst keinen, Inspector Sahib. Alle hier sind sie loyale Untertanen, nicht wie diese Hunde im Norden, die …«

»Daran zweifle ich nicht«, fiel ihm der Inspector ins Wort.

»Alles nur Freunde, denen man manchmal Geschenke macht«, versicherte Vimala.

Devi rang im Hintergrund die Hände. Das Baby wollte zu wimmern beginnen, doch wurde auf der Stelle von der alsbald entblößten Mutterbrust beschwichtigt.

»Freunde. Bitte sehr. Deine Großzügigkeit ehrt dich. Würdest du sie wiedererkennen, falls du sie noch einmal zu Gesicht bekommen solltest, diese Freunde?«

Der Händler schwieg. Peabody redete weiter: »Als der Steamer das letzte Mal hier vorbeigekommen ist, ist da niemand Verdächtiges ausgestiegen?«

»Weiß nicht, Inspector Sahib.«

»Dann wäre das also einer von hier? Nicht? Einer aus den Dörfern im Hinterland also. Sei ganz beruhigt. Ich verlange nicht von dir, gegen sie auszusagen, aber hilf mir, wenn es so weit ist, sie zu identifizieren. Du wirst dabei so unsichtbar sein wie eine Haremsdame hinter ihren Gittern.«

Vimala sah aus, als würde er sich gleich der Länge nach in den Staub werfen: »Inspector Sahib, haben Sie Mitleid mit mir! Wenn ich nur ein Wort sage, töten sie mich.«

»Steh auf! Diesen Dreckskerlen wird der Appetit auf Reis noch vergehen, dafür werde ich schon sorgen! Und du brauchst dabei kein einziges Wort zu sagen.«

Im Gehen nickte Peabody Devi leutselig zu und kitzelte kurz das Baby, dessen riesige schwarze Augen von Fliegen bedeckt waren. Die Eltern zuckten zusammen, denn ein Körperkontakt, und sei er noch so flüchtig, mit einem Ingiriss, einem dieser so gut wie Unberührbaren, verunreinigte, so hieß es, das Baby.

* * *

Kaum erhob sie sich über die Kokoswipfel, knallte die Sonne schon mit derselben Wucht vom Himmel wie die Kelle eines Garküchenkochs, die auf den Schädel eines Topfguckers niederkracht. Die Raben wurden schlagartig wach und krächzten los, derweil ein Faktotum des Waterloo-Hotels mit Wassereimern über die Treppen schlurfte. Peabody stand splitternackt, doch vor indiskreten Blicken geschützt, in dem kleinen Toilettenverschlag, der in einer Ecke der Veranda eingerichtet worden war, bespritzte sich mit Wasser und kontrollierte, ob auch kein störender Pilz zwischen seinen Zehen, und vor allem nicht auf seiner Eichel zu wuchern begann. Er warf einen trüben Blick auf die eindrucksvollste seiner Narben

(Lahore 1862), die er sich auf einer Terrasse beim Verlassen des Schlafgemachs der vierten – und folglich jüngsten – Ehefrau eines renommierten muslimischen Theologen zugezogen hatte, begann sich mit einem Rosshaarhandschuh zu frottieren, wobei er sehr falsch (und sehr laut) eine Arie trällerte, sann danach über die Ermordung des Anwalts nach, wünschte der Malabarküste und ihren Bewohnern die ewige Verdammnis an den Hals und begab sich schließlich hinunter in den Speisesaal, wo ein Liter lauwarmer Ceylontee, ein paar verkohlte Toastscheiben, drei bemerkenswert winzige Eier, die vermutlich aus einer durch Hungersnot geschrumpften Kloake stammten, und ein paar Scheiben Frühstücksspeck, die nicht mehr ganz taufrisch waren, auf ihn warteten. Es war sieben Uhr morgens. Die Stirn des Inspectors umwölkte sich, als er Frazier eintreten sah, der düster und lautlos hereinkam wie der Racheengel. An diesem Morgen empfand er nicht die geringste Sympathie für ihn. »Der hat schon zehn Meilen Strandlauf hinter sich und steht da wie aus dem Ei gepellt, Gott verdamm ihn«, dachte er bei sich und überprüfte diskret, wie es um seinen eigenen Hosenstall bestellt war. »Und als Nächstes wird er gleich den Speisesaal mit seinem ungenießbaren Körnerfraß in heißer Milch verseuchen und mir mit seinen Theorien zur Ernährungshygiene auf den Geist gehen. Na, wenn's ihm Spaß macht, soll er doch wiederkäuen wie so ein gottverdammter Büffel, so lange, bis ihn der Teufel holt.«

* * *

So ging eine ganze Woche in brütender Hitze dahin. Eines Morgens dann war die *Dehra Dun* da: Der kleine grünweiße Dampfer mit dem schwarzroten Schornstein, das einzige Linienschiff dieser Küste, ließ die Gischt beidseits des Vorderstevens aufspritzen und tutete angesichts der vollzählig versammelten Bevölkerung von Port Albert vergnügt drauflos. Als Erstes landete der mit rotem Siegellack verschlossene Sack mit den Verwaltungsschreiben auf dem Hafenkai, dann ein weiterer Postsack, der völlig ölverschmiert war, und ein paar Bündel nicht gerade druckfrischer Zeitungen. Für den Inspector war nichts dabei, und er schaute entsprechend säuerlich drein. Der Polizei von Cochin war Shantidas offenbar schnurzegal; oder aber, das war die andere Möglichkeit, der Anwalt hatte hinreichend Schmiergelder verteilt, um eine Akte wie ein Heiliger zu haben.

Ein kleiner Herr im gelbbraun karierten Reiseanzug sprang auf den Kai. Er hatte tiefe Ringe unter den Augen, einen Restbestand sorgsam gekämmten Haars und eine gespreizte Ausdrucksweise mit starkem französischem Akzent:

»Höre isch rescht? Die Autoritäten sind nischt su meiner Begrüßung erschienen? Sie wurden wohl nischt in Kenntnis gesetzt? Wo ist der Gouverneur in diesen Teufelsnest? Wie bitte, kein Gouverneur? Welsch eine Blamage! Isch fasse es nischt! Pondichéry wird das su hören bekommen! Was sehe isch? Ein Waterloo-Otel? Wie grauenvoll! Nach allem, was sie Napoleon angetan aben … und Jeanne d'Arc! Armes Fronkreisch. Und wer ist dieser Dicke da, der misch so unverschämt anstarrt? Allo, wer sind Sie, mein Alter?«

»Diese Frage sollte eigentlich ich Ihnen stellen, Monsieur«, entgegnete Peabody und zündete sich eine Zigarre an, wobei ein Lächeln, das wenig Gutes verhieß, seine gelben Zähne aufblitzen ließ. »Hierher bitte.«

Er streckte seinen Arm aus. Der andere zuckte zurück und jaulte entsetzt auf, wobei er ein umfangreiches Dokument mit etlichen Stempeln zutage förderte, das der dicke Polizist ihm blitzschnell entwendete und kurz überflog.

»Isch genieße diplomatische Immunität. Jede Tätlischkeit gegen misch wird die schwerwiegendsten Konsequenzen aben.«

»Genießen Sie nur, genießen Sie, Monsieur«, erwiderte Peabody, einen interessanten Kunden witternd, den er nicht ohne Bedauern davonziehen ließ.

Das Hinterteil des Reisenden im Karoanzug bebte unmerklich, während er seinen Pass wieder zusammenfaltete. Peabody runzelte die Stirn und verfluchte die Wichtigtuerei dieser Froschschenkelfresser. Der Franzose trippelte am Arm eines kräftigen Matrosen, der ihn über den schmalen Steg geleitete, schmollend an Bord zurück. Bei dem Gentleman handelte es sich um Monsieur Albéric de Malfarcy, Repräsentant der Französischen Republik in Mahé, den ein plötzlich auftretender Maschinenschaden des Passagierdampfers der Messageries Maritimes – Marseille–Saigon über Suez und Französisch-Indien – genötigt hatte, eine Kabine an Bord der beengten *Dehra Dun* zu reservieren, und der sich höchst unzufrieden darüber zeigte, zwischen vier glühend heißen Blechen neben den Sprösslingen des perfiden Albion ausharren zu müssen.

In einer Ausgabe des *Dekkan Examiner,* die er noch auf dem Hafendamm aufschlug, stieß der Inspector auf einen Volkstribun aus Cochin, der die Absicht der Kolonialverwaltung und ihrer Polizei anprangerte, das Andenken an Anwalt Shantidas zu beflecken, den Beschützer der Armen und Verteidiger der Provinz im Kampf gegen diese blutsaugenden Engländer. Peabody wünschte sämtliche Federfuchser Hindustans zur Hölle.

Dieser Artikel bestätigte das Gerücht, dem zufolge die einflussreichen Inder der Region, die Großgrundbesitzer, Großhändler, Anwälte und Richter es gar nicht gern sahen, dass der dicke Polizist, statt auf die Schnelle einen oder zwei hirnlose Strolche an den Galgen zu bringen, es wagte, in Shantidas' Vergangenheit herumzuschnüffeln. Aber was war schon Besseres von diesen widerwärtigen Rotjacken zu erwarten, als dass sie versuchten, das Opfer zu beschmutzen, anstatt den Verbrechern nachzustellen? Das war wirklich die Höhe! Und derweil Peabody nicht eine Antwort auf seine Telegramme erhalten hatte, war die Presse über sein Vorgehen bestens informiert …

Er lag im Schatten der Hotelterrasse auf der faulen Haut und blätterte, da er keinerlei Post zu öffnen hatte – dabei spürte Peabody, wie die Einsamkeit ihn durch seinen Panzer hindurch zwickte –, weiter die Zeitung durch – nein, er wünschte weder einen braunen dreijährigen Zuchthengst noch Grundbesitz in der Nähe von Simla zu erwerben –, dabei blinzelte er träge der *Dehra Dun* hinterher, die auf der spiegelglatten See immer kleiner wurde, ein Spielzeug mit schwarz rauchendem Schornstein vor glasklarem Himmel.

# Drittes Kapitel

*Der Wind frischte auf, und Kapitän Howell drückte das Auge ans Fernrohr: »Meine Herren, wir haben sie bald eingeholt.«*

*Die Leutnants nickten ergebenst unter ihrem Zweispitz. Drei Stunden später konnte man den Namen der Brigantine bereits entziffern:*

*»Die* Tubal-Caïn! *Wer ist denn das, beim Jupiter? Ein Frachter von den Antillen?«*

*»In der Tat, Sir. Doch fast ohne Fracht.«*

*Howell überlegte laut: »Keine Artillerie zu sehen, außer einem Zwölfpfünder auf dem Vorderdeck. Ein einziges Buggeschütz, nicht eben viel für eine so lange Reise. Oh! Der ehrbare Kaufmann hat die Flagge des Königreichs Dänemark gehisst. Ein reizender Scherz! Ein neutrales Schiff, das quasi ohne Ladung aus Westindien zurückkehrt? Mit nichts als einem Zwölfpfünder am Bug und drei Marsgasten im Mastwerk? Das glaub ich nicht eine Sekunde lang. Das werden wir uns mal aus nächster Nähe ansehen. Machen Sie die Kanonen klar, wir setzen ihnen einen Warnschuss vor den Bug!«*

*Howells Stirn verfinsterte sich: »Tubal-Kain, der Enkel Kains, des Verstoßenen, der erste Schmied, der erste Alchemist, der Herr des Feuers. Was halten Sie davon, Leutnant?«*

*Der Offizier kam einen Schritt näher, er fürchtete schon, der Kapitän sei dem Aberglauben verfallen und wittere geheimnisvolle Botschaften überall.*

*»Es gibt viele Reeder, die wählen den Namen ihres Schiffs nur nach dem Klang aus, wenn es nicht gerade der Name ihrer Frau oder einer ihrer Töchter ist. Glauben Sie mir, Sir, um Kains Nachkommen brauchen wir uns keine Gedanken zu machen.«*

*Der Kapitän genehmigte sich eine Prise und schnäuzte sich kräftig. Der Wind wehte den Rotz auf den Waffenrock des Leutnants, dessen*

*Gesicht den Ausdruck einer ägyptischen Wüstensphinx annahm, der gegenüber sich ein Fellache danebenbenommen hatte.*

*Der Warnschuss machte keinerlei Eindruck auf die Brigantine, die ihre Fahrt so unbeirrbar fortsetzte, als würde sie von einem Tauben befehligt.*

*An Bord der Fregatte waren jetzt alle Geschütze gerichtet. Hinter jeder Kanone war ein Berg Kugeln aufgebaut. Die Artilleristen, die Mütze verwegen ins Gesicht gezogen, hielten sich bereit, den Luntenstock an ihrer Pfeife zu entzünden. Der Wind wurde noch kräftiger, und das Stampfen des Schiffes verstärkte sich. Man holte die Toppsegel ein, bevor der Sturm sie losreißen konnte, und geite die Bramsegel auf. Eine Regenwand verdunkelte im Westen den Horizont. Ein weniger wagemutiger Seemann als Howell hätte die Marssegel reffen lassen, aber er wollte nicht abgehängt werden. Die Matrosen waren in Lauerstellung neben den Geschützen aufgereiht und warteten auf ihre Befehle. Im Zwischendeck war es totenstill.*

An dieser Stelle der Erzählung platzte ein Etagenboy zu Peabody ins Zimmer, der entspannt auf seinem Bett lag, die relative Kühle des frühen Morgens zum Lesen nutzte und den ungebeteten Boten wortgewaltig bis ins siebente Glied verfluchte. Doch der bewahrte Haltung und trompete: »Inspector Sahib, *breakfast ready!*«

Der Dicke klappte sein Buch zu, stopfte es in die Hosentasche und setzte sich auf: »Dann wollen wir mal! He du, nicht gleich weglaufen! Du kannst mir helfen, die Stiefel zu schnüren! Glaubst du, ich könnte mich am frühen Morgen schon bücken, du Esel?«

*»Bakschisch, mister?«*

»Du würdest wohl noch deine eigene Mutter für vier Anna verkaufen? Gott verdamm dich!«

Freudlos stürzte Peabody seinen Tee hinunter und verleibte sich seinen verkohlten Toast und die Zwergeneier ein, wobei er fassungslos den körnerkauenden Richter beobachtete, dessen gelbliche Haut an diesem Morgen schlaffer als sonst wirkte und dessen

Augen wie im Fieber glänzten. Um seine Stimmung ein wenig aufzuhellen, beschloss er, sich ein zweites Frühstück zu gönnen, und begab sich unter den vorwurfsvollen Blicken des Personals, welches sich englischer gebärdete als die Königin Victoria, in die Kaschemme an der Hauptstraße, um in Gesellschaft von Gestalten mit vorstehendem Kinn und Augen, die wie Kohle glühten, Idlis zu genießen, die kleinen Reiskuchen, die man in eine höllisch scharfe Sauce tunkt.

* * *

Ein Besuch zur Siestazeit musste schon einen ganz besonderen Grund haben, um nicht als ausgesprochen unhöflich zu erscheinen, oder aber es ging mit Indien dem Ende entgegen. Peabody spreizte die Beine, ließ den Korbsessel unter seinem Gewicht aufächzen und blickte mit ausdrucksloser Miene auf den Ozean, während er seinem Gast einen Stuhl anbot: »Setzen Sie sich. Ist die Farbe des Wassers heute nicht wundervoll?«

»Gewiss, Inspector Sahib«, entgegnete der Mann in englischem Singsang, während er seine Brille putzte. Denn er trug eine Brille, sei es aus Notwendigkeit, sei es aus dem Westen abgeschauter Eitelkeit.

»Zigarre gefällig?«

»Gewiss, Inspector Sahib. Ich bin Ihnen überaus verbunden.«

P. J. Chandrikâ, einer der indischen Schreiber aus dem Büro des Steuereinnehmers, wäre beim Versuch, den widerlichen grünlichen Stumpen anzuzünden, fast erstickt und ließ das Feuer gleich wieder ausgehen. Ohnehin rauchte er nie. Peabody paffte ungerührt weiter: »Diese burmesischen Zigarren sind einfach unvergleichlich, finden Sie nicht? Na ja, vielleicht nicht jedermanns Sache. Ich höre, mein Lieber.«

»Ich ... ich wollte Ihnen nur eben das Formular für die Sondersteuer vorbeibringen, die von den Neuankömmlingen erhoben wird. Andererseits könnte man in Ihrem Fall natürlich auch geltend machen, dass Sie als Staatsbeamter per se dieser Steuer enthoben sind.«

»Dann hätten Sie sich ja gar nicht herzubemühen brauchen.«

Der Angestellte fuhr im Ton einer vertraulichen Mitteilung fort: »Aber Sie könnten es trotzdem ausfüllen, der Form halber.«

»Eigenartig, Batterbury-Woods hat mir nie etwas davon gesagt.«

»Ach, das ist eine schlichte Ortssteuer. Und der Herr Steuereinnehmer ist so beschäftigt …«

Der Mann verkroch sich förmlich in seinem Sitz, sah sich ängstlich um. Er hatte etwas auf dem Herzen, wollte etwas mitteilen oder ein Anliegen loswerden, soviel war klar. Trotz der grenzenlosen indischen Begeisterung für allen Schriftkram diente das Formular, das er in der Hand hielt, nur als Vorwand gegenüber seinen Kollegen und dem Hotelpersonal. Dennoch durfte man Chandrikâ nicht drängen, sondern musste ihm im Gegenteil alle Zeit der Welt lassen, sein Herz auszuschütten, auch wenn es Peabody eigentlich gar nicht passte, dass er seinen Piratenroman aus der Hand legen musste, gerade jetzt, mitten in dieser atemlosen Verfolgungsjagd. Höchste Zeit, diesen Froschschenkelfressern ihre Beute abzujagen, zur Hölle aber auch!

Unten auf der Straße pries derweil ein Hausierer mit klingender Stimme seine Ware an, Salben, Kämme, Taschenspiegel. Sein graues Käppchen und sein zerlumptes Armeehemd waren über und über mit Spiegeln bestückt. Er blitzte und funkelte in der Sonne wie ein Stern und lächelte übers ganze Gesicht.

So verflossen ein oder zwei Stunden in der siedenden Hitze des Nachmittags. Die von den Göttern gesegnete Ratte trabte Punkt sechzehn Uhr über die Veranda. Man nahm winzige Schlucke heißen Tees zu sich. Ein wenig ermüdet von all dem Vorgeplänkel tat der Inspector so, als sei er allmählich ungeduldig, wohl wissend, dass die direkte, hektische Art, wie sie den Europäern zu Eigen ist, die Inder stets in Verlegenheit brachte, gebot doch die orientalische

Höflichkeit, erst hundertundsieben Jahre lang um den heißen Brei zu schleichen, ehe man sich zu ein paar versteckten Andeutungen herabließ:

»Na, nun mal los. Sie sind doch gekommen, um mir etwas zu sagen ... Wollen Sie mir mitteilen, wer Shantidas umgebracht hat? Haben Sie mit ihm unsaubere Geschäfte gemacht?«

»Aber nein!«, rief Chandrikâ. »Wie kommen Sie darauf! Sie meinen diesen Anwalt?«

»Sie wissen garantiert irgendetwas. Wer ist es gewesen? Einer Ihrer Kollegen? Ein Engländer? Nun sagen Sie schon!«

Stotternd kroch Chandrikâ noch tiefer in seinen Sitz.

Peabody musterte ihn durch den Zigarrenrauch hindurch und sprach weiter: »Nein? Sie wissen wirklich nichts? Nun, wir kommen später darauf zurück. Aber was ist es dann? Lassen Sie mich raten ... Sie haben sich aus der Kasse bedient, um einem notleidenden Schwager aus der Bredouille zu helfen, und sitzen jetzt selber drin? Die Versuchung ist aber auch zu groß, bei all den Silberrupien, die durch Ihre Finger wandern! Das Bildnis unserer Kaiserin ist einfach zu verführerisch, finden Sie nicht?«

Chandrikâ wedelte mit den Armen, wie um sich zu schützen, bevor er fortfuhr: »Nein, Inspector Sahib, ich weiß wirklich überhaupt nichts im Mordfall Shantidas. Ich habe mir nichts vorzuwerfen. Es geht um ihn. Seine Feder ist so tückisch wie der Kuss der Kobra. Er hat begonnen ... Nein, es ist zu entsetzlich!«

»Begonnen womit?«

»Eine Schmach für den Fiskus ist das.«

»Genug der Vorrede! Sprich endlich, oh Diener des Schreibrohrs!«

»Er hat begonnen, Dokumente zu fälschen, und zwar so, dass alles auf mich zurückfällt, wenn es Schwierigkeiten geben sollte.«

»Wer, er?«

»Nun ja, der Sahib ...«

»Eieiei! Ich werde dir schon helfen, es auszuspucken!«

Doch Peabody mochte den Namen, der ihm auf der Zunge lag, nicht selber aussprechen.

Der andere fiel noch mehr in sich zusammen und wehklagte: »Der Sahib Hilfssteuereinnehmer persönlich, Mister Batterbury-Woods, Inspector Sahib!«

»Ich höre wohl nicht recht? Das haben Sie sich alles nur ausgedacht! Sie enttäuschen mich! Sie sind ein Denunziant. Auf die Gefahr hin, die Ordnung der Gesellschaft in ihren Grundfesten zu erschüttern, verraten Sie einen Vorgesetzten, dessen volles Vertrauen Sie haben.«

»Ich habe Beweise. Ich werde sie beibringen.«

»Es obliegt mir nicht, die Angestellten des Fiskus zu kontrollieren, mögen hunderttausend Teufel Schimpf und Schande über sie bringen! Mich geht das alles gar nichts an.«

»Und wenn man mich ertrunken in einem Kanal auffindet, geht Sie das dann auch nichts an? Dabei bin ich ein hervorragender Schwimmer, Sie verstehen schon. Nur nicht mit einem Stein um den Hals, wenn ich das mal so sagen darf. Wünschen Sie, dass ich Ihnen die Beweise vorlege?«

Der Inspector nickte.

»Wenn Sie wollen, Inspector Sahib, kommen Sie heute Abend nach Büroschluss in der Kanzlei vorbei. Ich mache Überstunden. Ich werde alleine sein.«

Die Jalousien waren zugezogen, und im Raum flackerte eine Petroleumlampe. Die Beweise wirkten in der Tat erdrückend, jedenfalls soweit sich der dicke Engländer in den Zahlenkolonnen zurechtfand. Der kleine Batterbury-Woods hatte offenbar beträchtliche Fehlbeträge in der Kasse vertuscht, indem er Ausgaben außer der Reihe vorgaukelte, und die Zusätze und Streichungen am Rande trugen allesamt die gefälschte Unterschrift des Schreibers. Diese Spielereien hielten einer kritischen Überprüfung nicht eine Sekunde stand. So bewegten sich die Renovierungskosten für das

Gericht durchaus in einem vernünftigen Rahmen, nur dass das Gericht bislang noch nie renoviert worden war. Diverse Zuweisungen für die Tempelelefanten waren einfach nur lachhaft – seit wann fütterte der Staat die heiligen Elefanten mit durch? Das hätte gerade noch gefehlt! Das Beste freilich waren die Beträge, die zum Zweck der Begleichung einer unbestimmten Schuld einem Zahlmeister des 38. Fernmeldebataillons überschrieben worden waren, zumal es besagtes Bataillon nie gegeben hatte, wie Chandrikâ hoch und heilig, die Hand auf dem Herzen, beschwor. Alles in allem ein Fehlbetrag von einigen tausend Rupien. Der Schreiber tänzelte bebend um Peabody herum: »Sehen Sie jetzt? Ist Ihnen klar, was für ein hochgradig infamer Charakter das ist, Inspector Sahib?«

»Sie behaupten also, das da niemals unterschrieben zu haben?«

»Nie im Leben, oder ich will als syphilitischer Geier wiedergeboren werden!«

»Ich werde Ihre Aussage hier und jetzt zu Protokoll nehmen, unter Eid, mit sämtlichen Zahlen. Holen Sie schon mal etwas zu schreiben, ich werde inzwischen Petroleum nachgießen. Ist die Tür auch gut verschlossen?«

Die Hitze war noch immer unerträglich, und ein dicker Brummer surrte bedächtig um die gelbe Flamme herum. Aus weiter Ferne, von jenseits der Siedlung, von dort, wo kompakte Finsternis herrschte, klang dumpfes Trommeln herüber.

* * *

Die Sonnenstrahlen drangen fast ungefiltert durch die Kokospalmen. Ein splitternackter Knabe und ein Welpe liefen hinter einem grauen, rosa gesprenkelten Ferkel her, das mit angelegten Ohren Reißaus nahm. Der junge bärtige Riese brach in schallendes Gelächter aus, das die Raben auf der Stelle verstummen ließ: »Lassen Sie nur den Kopf nicht hängen, Inspector Sahib. Sie werden

den Mörder schon noch zu fassen bekommen, selbst wenn Sie über kein einziges Indiz verfügen, und selbst wenn in diesem Land die Leichen in rauen Mengen aufgelesen werden. Er wird sich am Ende für unverletzlich halten und den entscheidenden Fehler begehen. Sie werden schon sehen.«

Die plötzliche Gesprächigkeit seines Begleiters, der, als sie sich kennen lernten, fast so einsilbig war wie ein Einsiedlermönch vom Himalaya, verstimmte Peabody. Bonaventura lieh sich von einem verblüfften Bauern eine Machete aus und köpfte treffsicher eine Kokosnuss, die er sogleich dem Engländer hinhielt: »Lassen Sie es sich wohl sein! Gott Ganesha, der falsche Gott Ganesha, meine ich« – und er bekreuzigte sich mit frömmelndem Augenaufschlag –, »ist ganz versessen darauf, da wird's wohl für Sie auch gut genug sein, zum Henker!«

»Father O'Reilly wäre gewiss nicht erbaut, Sie so fluchen zu hören, Bonaventura. Denken Sie an Ihr zukünftiges Apostelamt.«

Der Riese konnte sich ein herzhaftes Lachen nicht verkneifen: »Ein wunderbares Thema! Der gute Pater hat ein paar wunde Punkte! Kokosmilch habe ich ihn nicht allzu oft trinken sehen! Ganz zu schweigen von den jungen Damen, denen er recht ausführlich in seiner Strohhütte die Beichte abnimmt! Ob kugelrund, ob klapperdürr, nichts hält ihn auf! Für sein Alter ist er noch gut in Schuss! Na ja, genug für heute, ich gehe dann mal, ich muss zur Mission zurück, den Kindern den Katechismus einpauken. Nicht sehr spannend. Brauchen Sie in nächster Zeit meine Dienste?«

Peabody nickte und Bonaventura zerquetschte ihm mit sanftmütigem Lächeln gemächlich die Hand.

Statt schnurstracks ins Hotel zurückzukehren, um vor einem Teller Dosenerbsen mit Corned Beef Trübsal zu blasen, steuerte Peabody erst einmal die Garküche in der Hauptstraße an. Die Wände dort waren hellblau gekalkt, das einzige Dekor war ein Bilderrahmen, der eine unbekannte Gottheit vom Aussehen eines weiblichen Seeungeheuers zeigte, mit Riesenbrüsten, einer Tiara auf dem Kopf und juwelengeschmückt. Es gab weder Tische noch Bänke. Die Gäste kauerten auf den Fersen vor einem Bananenblatt, auf dem sich ein kleiner Reisberg und etwas Gemüse befanden. Daneben ein Tiegel mit einer teuflisch scharfen Sauce drin. Peabody hockte sich vor die Portion, die man ihm servierte. Da kam das Ehepaar Batterbury-Woods des Weges, der Gent unterm Korkhelm, die Lady unterm Sonnenschirm. Man warf einen verstohlenen Blick in die Kaschemme und tat dann so, als hätte man ihn nicht gesehen. Idioten. Vor allem er. Gibt sich so hochnäsig und ist dabei so unehrenhaft. Warte, du bekommst schon noch dein Teil. Peabody begann, mit der Rechten kleine Reiskugeln zu formen, die er in den Tiefen seines Schlundes verschwinden ließ. Er hatte den Eindruck, dass diese Gestalten, die da so hurtig mit flüssiger Stimme plapperten und ihn offenkundig nicht im Mindesten beachteten – denn es verirrte sich ja kaum ein Engländer hierher – allesamt vorstehende Unterkiefer und prachtvolle, jedoch vor Kokosöl triefende Haarschöpfe hatten, und dass die Sauce ihnen vom Handgelenk abwärts bis zum Ellenbogen tropfte. Zum ersten Mal seit Jahrzehnten fühlte Peabody sich fremd.

* * *

Es war am Abend darauf, und nur der Schein einer Petroleumlampe, die an einem niedrigen Ast aufgehängt war, drang durch die Finsternis. Father O'Reilly, Bonaventura und der Inspector räkelten sich in den hinfälligen Korbsesseln der Mission und hielten ihre Gesichter in die vergleichsweise kühle Abendluft. Timothy hatte den Steingutkrug gebracht, und der Tabakrauch hielt die Mücken fern. Die Kokosplantagen waren in tiefen Schlaf gehüllt, und aus dem Dschungel konnte man mitunter beunruhigende Schreie vernehmen, Nachtvögel, Affen, Nagetiere, die vermutlich unter dem Reißzahn eines Räubers ihr Leben aushauchten.

»Es ist schon ärgerlich, dass ein bedeutendes Mitglied der Anwaltskammer, und wenn er zehnmal ein Heide ist, wie ein Hühnchen abgemurkst wird«, eröffnete O'Reilly die Konversation. »Und die näheren Umstände sind ja nun wahrlich betrüblich, sozusagen sexuell, nicht wahr?«

Peabody zeigte keinerlei Regung.

»Es darf ja keine Hypothese ausgeschlossen werden«, fuhr der Mann Gottes fort, wobei er den Steingutkrug näher zu sich heranzog. »Der Schein trügt nur allzu oft, und man weiß nie, mit wem man es zu tun hat. Das erinnert mich an Albéric de Malfarcy, den französischen Repräsentanten aus Mahé, nicht weit von hier. Ein recht unterhaltsamer kleiner Mann, der ganz passabel Englisch spricht, freilich mit einem grauenvollen Akzent. Nun ja, dieser Malfarcy, der sich in der Öffentlichkeit in nicht eben positiven Vorurteilen über die Einheimischen ergeht, legt im Privatleben, so wurde mir versichert, ein ganz anderes Benehmen an den Tag.« O'Reilly dämpfte im Blick auf die frivolen Details, die er sich auszuplaudern anschickte, die Lautstärke. »Er ist, wie soll ich sagen, kein Verehrer des schönen Geschlechts, und eher um die Gunst der …«

»Er ist homosexuell, na und?«, entfuhr es Peabody. »Wenn ich das wäre, würde ich es gar nicht schätzen, dass man mir daraus einen Vorwurf machte. Nichts lässt sich schlechter kontrollieren als die privaten Vorlieben, die man hat. Oder bekommen Sie vielleicht auf Kommando einen hoch, Father?«

»Ich bin Priester, mein Herr!«, entgegnete der Ire düster und reckte dem Polizisten seine Würgerfaust entgegen.

Der Riese, der sich wortlos den Bart kraulte, musste lächeln, und Peabody fiel das junge Mädchen ein, das er aus der Hütte des Missionars hatte herauskommen sehen. »Deshalb sind Sie doch noch immer ein Mann. Soviel ich weiß, werden Sie bei der Tonsur nicht kastriert.«

»Natürlich nicht! Sie sind unmöglich, Inspector.«

O'Reilly hüstelte, dann kam er wieder auf sein Thema zurück: »Nun ja, also dieser Malfarcy ist ganz versessen auf die Gunstbeweise dieser Burschen, die er so lautstark verunglimpft. Vor allem, wenn sie kräftig und muskulös sind.«

»Und damit hat er sich niemals irgendwelche Scherereien zugezogen?«

»Derlei Praktiken sind hierzulande gang und gäbe, nur dass man sie in der Regel gut kaschiert. Er hat sich sicherlich eine Menge Geld von seinen Schätzchen abknöpfen lassen, und man hat mir auch erzählt, dass er ein- oder zweimal verprügelt worden ist, aber nichts wirklich Schlimmes«, erklärte O'Reilly, während er seinen Whiskey von einer Backentasche in die andere spülte.

»Und was macht er heute, Ihr Schneckenfresser?«

»Er ist noch immer in Mahé stationiert, aber es geht die Rede, so hat mir ein Priester von dort, ein Landsmann, berichtet, dass er nach Chandernagor versetzt werden soll – dieses Fleckchen, das den Franzosen noch verblieben ist, gleich neben Kalkutta, wissen Sie, diese allseits vergessene Besitzung, die im Deltaschlamm versinkt.«

»Viel Durchgangsverkehr ... Seeleute ... doch ja«, sinnierte Peabody. »Freilich, wenn ich so daran denke«, fuhr er alles andere als freimütig fort, wobei er so tat, als kramte er in seinem Gedächtnis herum, »könnte es nicht sein, dass es sich um denselben Franzosen handelt, den ich vor vier Tagen gesehen habe, als die *Dehra Dun* hier angelegt hat?«

»Wie sah er denn aus?«

»Tiefe Ringe unter den Augen. Fistelstimme. Braungelbe Karohosen. Insgesamt eher ... dubios.«

»Das kann nur er sein!«, rief O'Reilly. »Dieser verschlagene Sodomit, diese leibhaftige Herausforderung für die heiligen Bande von Ehe und Fortpflanzung!«

Leichte Beute für einen Erpresser, dachte Peabody, und wie viele Anwälte in diesem Lande waren weiter nichts als das? Kannte Shantidas vielleicht Malfarcy? Hatte er ihn gar erpresst? Und Malfarcy sich seiner so oder so entledigt? Nichts war unmöglich. Hatte der Franzose die Arbeit eigenhändig ausgeführt oder sich der Dienste der Unterwelt versichert? Was war von den Einschnitten und dem Kannibalismus zu halten? Als ob da einer Spuren hätte verwischen wollen. Bei all dem würde es nicht einfach sein, den Tagesablauf eines ausländischen Repräsentanten zu durchleuchten. Das gäbe den nächsten Skandal, wenn man die groteske Überempfindlichkeit der Söhne Galliens bedachte, seit sie sich aus Kanada und dem größten Teil Indiens hatten hinausdrängen lassen …

Lautlos kam Richter Frazier aus dem Schatten geglitten und machte es sich, nachdem O'Reilly ihn herangewinkt hatte, im Sessel bequem. Ein warmes Lächeln ließ seine müden Züge aufleuchten, und schon schaltete er sich ins Gespräch ein: »Darf ich Ihnen Gesellschaft leisten?«

Peabody, so gänzlich in seiner runden Fülle ruhend wie nur der Vollmond, kaute elegisch auf seiner gewundenen burmesischen Zigarre herum und ging zum Allgemeinen über: »Sie kommen gerade recht, Richter. Die Menschheit in ihrer Niedertracht verdient es, von der Oberfläche dieses Planeten zu verschwinden – nicht mehr lange, dann hat sie es geschafft: Sehen Sie nur London und Manchester, die im Schwefelrauch ihrer Fabriken ersticken, die Themse, die völlig vergiftet ist, die Präriebüffel, ausgerottet von Vorbestraften, die kalifornischen Wälder, schon vor Jahrzehnten im Goldrausch abgeholzt. Dann der Zar, dieser asiatische Despot, der ständig an den ranzigen Röcken der Popen hängt und seine Kosaken auf die Juden hetzt, als ob die nicht schon genug zu ertragen hätten, und die unschuldigen Eingeborenen Australiens, die so nackt und bloß wie zu Adams Zeiten gehen und sich für den Traum eines Felsens oder einer Eidechse halten, von manchen unserer Mitbürger werden sie wie Wild gejagt!«

»Sie sehen das alles viel zu schwarz«, wandte Father O'Reilly ein, der mittlerweile beim vierten Whiskey angelangt war und anfing, alles rosenrot zu sehen.

»Nein, ich sehe es so, wie es ist. Lesen Sie doch mal wieder die Veden, da gibt es diesen prophetischen Abschnitt mit der Feuerkugel, die am Himmel explodiert und alle Lebensformen auf der Erde auslöscht. Bald sind wir so weit.«

»Die Übersetzung dieses Abschnittes ist umstritten«, bemerkte Frazier, während er mit finsterem Blick die Dunkelheit absuchte, als ob dort jeden Augenblick eine noch unbekannte Gefahr aufblitzen könnte.

»Aber die europäische Zivilisation ... Das Empire ... Die Segnungen unserer heiligen Religion ...«, warf O'Reilly ohne allzu große Überzeugung mit belegt klingender Stimme ein, die zuletzt in ein Seufzen überging, als er von dem Verbrecher zu sprechen begann, der für ihn ein Kunde aus massivem Gold gewesen wäre: »Eine verlorene Seele ... Wie hat er leiden müssen, um es zum Äußersten kommen zu lassen ...«

»Dass ich nicht lache!«, platzte Peabody heraus. »Und sein Opfer, hat das vielleicht nicht gelitten? Stellen Sie sich doch nur mal Shantidas' Panik vor, und wenn er als Anwalt noch so anrüchig war, in den Händen dieses Irren. Vielleicht wurde er bei lebendigem Leibe in Stücke gehackt, und musste dann mit ansehen, wie aus seinem Schienbein ein widerliches Schaschlik wurde – oder besser Kebab, Schaschlik ist ja die kaukasische Variante.«

Richter Frazier, dem sein Tick wieder zusetzte, wurde es ganz übel: »Ich bitte Sie!«

»Ich werde nicht eine Minute ruhen, solange ich diesen Schnipsler nicht dingfest gemacht habe«, fuhr Peabody voller Emphase mit bebendem Doppelkinn fort, und seine kleinen blauen Schweinsäuglein lagen tiefer denn je.

»Ich bin ganz Ihrer Meinung, Inspector. Glauben Sie mir, wenn er erst festgenommen ist, und das ist nur eine Frage der Zeit, da vertraue ich Ihnen, wird die Justiz keinerlei Mitleid kennen«, schloss Frazier, finsterer denn je, und rückte seine Krawatte mit der Miene eines Henkers zurecht, der dem Verurteilten die Schlinge um den Hals legt.

»Allein unsere heilige Religion vermag ihn zu erretten ... Hat der Erlöser nicht am Kreuze für unsere armen sündigen Seelen gelitten?«, schwadronierte der Missionar mit zunehmend schwerer Zunge weiter, während Bonaventura ihn unbewegt ansah.

Frazier rührte sich nicht, doch der Inspector fuhr auf: »Ach, verschonen Sie mich doch mit Ihrem Saftladen! Sie sind ja betrunken, Father! Zeit fürs Bett! Guten Abend, die Herren!«, rief er und stiefelte eiligen Schrittes durch die Finsternis.

Krebspanzer knirschten unter seinen Tritten.

* * *

In der Ferne bellte ein Hund, und mit der Brise wehte ein Geruch von verdorbenem Fisch herüber. Ein Streichholz erleuchtete die mondlose Nacht. Die beiden Engländer liefen über den feuchten Strand, weitab von allen neugierigen Ohren. Der Inspector zündete sich eine Zigarre an, und der Steuereinnehmer an seiner Seite knabberte nervös an den Lippen. Denn die Idee zu diesem nächtlichen Spaziergang stammte nicht von Batterbury-Woods. Der Dicke hustete sich die Kehle frei und ging frisch von der Leber weg zum Angriff über: »Wo ist die Kohle?«

»Wie bitte?«, erwiderte der junge Mann, und seine hellen Augen blickten verblüfft.

»Die Knete! Der Zaster! Die Mäuse! Das Moos!«, verdeutlichte Peabody mit betont proletarischem Akzent. »Das Geld, das Sie entwendet haben. Keine geringe Summe. Also, wo steckt es?«

»Ich vermag Ihnen nicht zu folgen.«

Die Zigarre zwischen den Zähnen, umklammerte der Inspector mit eisernem Griff seinen Unterarm: »Ich habe Beweise. Ich bluffe nicht, ich bin wirklich im Besitz aller Beweisstücke. Die Seiten in den Registern sind nummeriert, und das Verschwinden einer einzigen dieser Seiten würde Sie in die größten Schwierigkeiten bringen. Und Abschriften von alldem befinden sich an einem sicheren Ort.«

»Wie abwegig von Ihnen, Mister Peabody. Aber typisch für Sie, nehme ich an!«

»Keineswegs! Und was mir am meisten missfällt, ist, dass Sie versucht haben, den armen P. J. Chandrikâ da mit hineinzuziehen, indem Sie seine Unterschrift gefälscht haben. Zu seinem Glück hat er es noch rechtzeitig entdeckt.«

»Dieser Faulenzer! Dieser Versager! Den werde ich …«

»Beruhigen Sie sich!«, unterbrach ihn der Inspector. »Lassen Sie uns weiterlaufen. Riechen Sie nur! Welch wunderbar würziger Duft!« Der Wind hatte gedreht und kam nun von der offenen See herüber. Peabody blies auf das glühende Ende seiner Zigarre und sog dann in vollen Zügen, geradezu theatralisch, die Ozeanluft ein, deutete gar ein paar gymnastische Übungen an, ehe er fortfuhr: »Balsamisch. Ich finde diesen Duft geradezu balsamisch, so betörend orientalisch, geeignet, jeglichen inneren Aufruhr zu stillen. Mit einer Spur von Salz und Jod darin, wirklich belebend in diesen Breitengraden. Finden Sie nicht? Also, wo ist denn nun die Kohle?«

»Es fehlt kein einziger Anna!«

»So beruhigen Sie sich. Es tun sich doch zahlreiche Perspektiven vor uns auf«, bemerkte der Inspector leutselig.

»Uns? Wieso uns?«, fragte Batterbury-Woods, beunruhigt von der Aussicht auf diese Zweisamkeit, zurück.

»Haben Sie denn in der Eisenbahn noch nie einen Polizisten und seinen Klienten mit Handschellen aneinander gekettet gesehen? Das wird fortan unser Schicksal sein, jedenfalls bis auf weiteres.«

Der Hilfssteuereinnehmer schluckte. Der dicke Polizist redete weiter, während die Stille ringsum nur vom Plätschern der Wellen durchbrochen wurde: »Entweder Sie lassen diese kompromittierenden Seiten verschwinden, oder Sie knöpfen sich Ihren Angestellten vor, der in der berechtigten Sorge, sich zu schützen, mein Augenmerk auf Ihr Treiben gelenkt hat, oder aber Sie flüchten, und in all diesen Fällen gäbe ich nicht mehr viel auf Ihre Karriere. Oder, und das wäre das bei weitem Vernünftigste, Sie erstatten das Geld zurück und erzählen mir alles. Denn diese Rupien, die sind ja nicht vom Erdboden verschwunden, stimmt's?«

Der schmächtige Körper von Batterbury-Woods fiel regelrecht in sich zusammen. Er hatte nicht lange durchgehalten. Als Kind in Watte gepackt. Nicht mehr Widerstandskraft als ein Regenwurm unterm Spaten. Seine Stimme erinnerte an die eines kleinen Jungen, der eine Riesendummheit gemacht hat: »Peabody, ich flehe Sie an, benachrichtigen Sie nur nicht meine Vorgesetzten.«

»Das ist außerhalb meiner Befugnisse. Aber Sie werden verstehen, dass ich das Wohl Ihres Angestellten im Auge behalten musste. Sie waren nicht korrekt zu ihm. Nun, gehen Sie nach Hause und regen Sie sich nicht allzu sehr auf. Ich lasse Ihnen Zeit, über alles nachzudenken. Vorausgesetzt, Ihre Frau ahnt noch nichts …«

»Sie würde mich sofort verlassen.«

»Pah. Worte. Von mir aus lässt sich alles bereinigen … natürlich nur, wenn Sie vernünftig sind und kooperieren. Über das Geld müssen wir noch mal reden. Wenn Sie es zurückerstatten, stelle ich alle Schritte ein. Und J. P. Chandrikâ ist nicht sonderlich rachsüchtig. Außerdem, wenn man seine Stellung mit Ihrer vergleicht …«

Während Batterbury-Woods niedergeschmettert seinem Bungalow zustrebte, wobei ihm der kalte Schweiß über den Rücken rann, zündete Peabody sich eine neue Zigarre an und pinkelte gegen die Fluten. Das fehlende Geld war nur der erste Akt der Komödie. Jetzt hieß es, die ernsteren Dinge ins Auge zu fassen. War es wohl möglich, dass Anwalt Shantidas, der überall seine Fühler gehabt hatte, Wind von der Veruntreuung der Gelder bekommen hatte? Dass er versucht hatte, den Steuereinnehmer zu erpressen, indem er regelmäßig ein paar Prozente abzweigte? Warum eigentlich nicht? Und war es möglich, dass der unfreiwillige Spender, um dem Aderlass, der sicher von Mal zu Mal spürbarer wurde, ein Ende zu setzen, beschlossen hatte, den Erpresser zum Schweigen zu bringen? Dass er dafür selbst vor einem Mord nicht zurückgeschreckt wäre? Wenn

Shantidas auf triviale Art beseitigt worden wäre, mit einem Revolverschuss oder von Schlägern, die ihm den Schädel zertrümmert hätten, wäre das wohl eine Möglichkeit gewesen. Aber so … Peabody hatte Mühe, sich den jungen Mann mit seiner Hornbrille, der immer so brav gekämmt und so fantasielos wirkte, dabei vorzustellen, wie er sich einem Ritual hingab, das auf eine gewisse geistige Verwirrung hindeutete. Andererseits, so ganz sicher kann man sich bei diesen verschüchterten Geschöpfen ja nie sein, oder? Nur eins wusste der Inspector gewiss: Raubmord war so gut wie ausgeschlossen, weil der Anwalt garantiert alle Ganoven der Gegend fest im Griff hatte und die viel zu sehr vor ihm zitterten, als dass sie ihm auch nur ein Haar gekrümmt oder ein Reiskorn entwendet hätten. Was dann? Die Tat eines Streuners? Aber die wenigen Vagabunden im Hinterland waren allseits bekannt, sie gingen von Dorf zu Dorf und man fütterte sie durch, übrigens weniger aus Mitgefühl, denn um die Götter zu ehren, und für sie selbst war es Ehrensache, niemandem etwas zu tun. Die Tat eines Irren also, einmal mehr? Deutete nicht alles darauf hin? Ja, natürlich. Aber es war fast zu einfach. Unmöglich, in sämtlichen Irrenhäusern des Indischen Empire nachzufragen, ob kürzlich irgendwo ein Patient mit entsprechender Vorgeschichte entlassen worden war. Oder eine Patientin, warum nicht, denn es gab ja auch ganz üble Weiber. Der Inspector hatte das Gefühl, sich im Kreise zu drehen.

Es war drei Uhr morgens und Peabody begann in der frischen Brise, die vom Ozean herüberblies, zu frösteln. Er streckte sich im Sand aus, mit seinem Bauch, der so prall wie der einer Gebärenden war, spreizte die Beine, winkelte die Arme ab, starrte den dunklen Nachthimmel an und schlief ein. Als die Flut ihm die Stiefel leckte, wurde er wach und fuhr in seinen Überlegungen fort. Ein geistesgestörter Mörder? Ja, gewiss, es sah ganz danach aus. Dennoch, die plausibelste Fährte wäre die, dass eines von Shantidas' Opfern sich aufgelehnt hätte. Aber wer? Um, und auch das nur vielleicht, eine Antwort zu erhalten, hätte eine ganze Mannschaft von Juristen die abertausend Seiten, aus denen Shantidas' Akten bestanden, akribisch mit der Lupe durchforsten müssen. Das war einfach nicht zu machen. Die Namen einiger Spitzbuben, das war alles, was Peabody dort aufgelesen hatte.

Im Fischerdorf begannen die Hunde zu bellen, und der Engländer machte kehrt, wenig darauf erpicht, im Morgengrauen aufzufallen.

* * *

Die Sonne brannte auf die Hauptstraße nieder. Peabody spürte plötzlich, wie sich schwer eine feuchte Hand auf seinen Unterarm legte. Es war die Hand des Seminaristen Anselmus: »Inspector, was tun Sie um diese Zeit im Freien? Kommen Sie doch in den Schatten. Wie schön, Sie zu sehen! Ich bin unterwegs, um einige unserer frisch Getauften, die, wie Sie wissen, ja nur allzu schnell wieder ihren Irrlehren verfallen, im Glauben zu stärken. Hätten Sie Lust, mich zu begleiten?«

Dankend lehnte der Dicke das Angebot des geschwätzigen Anselmus ab, welcher, um zu vergessen, wie elend er sich an diesem Tag fühlte, loszog, sich von irgendwelchen armen Tröpfen, die in Hinterhöfen hausten und sich als Lohn ihrer Unterwerfung einen Sack Reis versprachen, Hände und Füße küssen zu lassen. Um den jungen Ehrgeizling abzuschütteln, ging Peabody in der Garküche einen Tee trinken.

Als der Seminarist von seiner Tour zurückkam, trug er eine selbstgefällige Miene zur Schau. In seinem Mundwinkel klebte ein Tröpfchen Speichel. »Es war der heilige Thomas persönlich, der im ersten Jahrhundert die Malabarküste evangelisiert hat. Das heißt, Sie sollten sich allmählich daran gewöhnen, Inspector, dass wir Inder Ihnen in allem voraus sind, sogar in der Religion. Wir waren ja schon Christen, als Ihre Vorfahren noch längst im finstersten Heidentum befangen waren«, fügte er spöttisch lächelnd hinzu.

»Trugen Sie damals wirklich Tierfelle, wie man es auf Abbildungen in Büchern sieht?«

Peabody, allergisch gegen jegliche religiöse Schwarmgeisterei, hätte diesen trotz seiner Jugend so selbstherrlichen Knaben, dessen Achillesferse er noch nicht kannte, am liebsten schallend geohrfeigt. Er stellte sich lebhaft vor, wie er, um die Lenden ein Bärenfell, einen geflügelten Helm auf dem Kopf, in der Hand eine Streitaxt schwingend, deren Klinge scharf wie ein Rasiermesser war, einem winselnden, um Gnade flehenden Anselmus nachstellte.

* * *

Die Nacht war schwarz, die Mücken surrten und Peabody tat kein Auge zu. Er wälzte sich schlaflos in seinem Bett, schwitzte wie ein Packesel und bedauerte vor allem, dass es für die prachtvolle Erektion, die ihm zuteil wurde, keinerlei Ventil gab.

Er stand auf, wickelte sich in ein Laken und schlich die Treppe hinunter. Der Nachtportier schnarchte mit offenem Mund, aus dem der Speichel troff, das Kinn auf der Theke (die Erektion verflüchtigte sich), und die Hoteltür klaffte sperrangelweit auf. Dahinter brennende Finsternis, die nach Gewürzen, Laubfeuer und Exkrementen roch. Er ging hinaus, lief die einzige Straße entlang, bis er ins freie Feld kam, kramte mechanisch nach seinen Zigarren, gab die Suche schließlich auf. Die Hunde, die ihn wiedererkannten, bellten dieses Mal nicht.

Noch immer in sein Laken gehüllt, ließ er den Ort hinter sich, stolperte über jene schwarzen, mit Zinnober beschmierten, von geschmolzener Butter verklebten Steine, die auf ein ländliches Heiligtum hinwiesen, folgte dann dem Lauf eines Kanals. Bis er plötzlich erstickte Geräusche vernahm, die aus dem Palmenhain drangen. Er näherte sich lautlos, ohne die Deckung der Bäume zu verlassen. Unter einer Laterne kauerten ein paar Bäuerlein, ganz dem Glücksspielteufel verfallen. Geld machte die Runde, unter dem wachsamen Blick

Vimalas, des Krämers, welcher jedes Mal, wenn gesetzt wurde, das heißt fast ununterbrochen, eine Münze einkassierte. Und mit trister Miene aus einem Schlauch, der an einem Ast hing, Palmwein nachschenkte. Peabody hätte sich die Lunge aus dem Leib posaunen können, die Männer waren viel zu sehr in ihr Spiel vertieft, als dass sie ihn bemerkt hätten. Jetzt war ihm auch klar, warum Vimala erpresst worden war: Als Betreiber dieses illegalen Etablissements, das ihm beträchtliche Summen einbrachte, würde er kaum je zum Kadi gehen, man konnte ihn ungestraft immer weiter schröpfen. Der Inspector kannte nicht einen der Spieler: alles anonyme Typen mit schmalem Schnäuzer, Kokosöl im Haar und verrutschtem Lendentuch.

Vor zwanzig Jahren hättest du eine Stunde nach deiner Ankunft in diesem Nest von der Existenz dieses Spielertreffs gewusst. Und wie viele Wochen bist du schon hier? Es geht abwärts mit dir, Josaphat, du wirst kaum besser mit den Jahren, anders als diese Portweinfässer, die im Laderaum eines Klippers einmal um die Welt geschippert sind.

Peabody schlich auf Zehenspitzen ins Waterloo-Hotel zurück, nichtsdestotrotz tief befriedigt, und schlummerte selig wie ein Säugling.

* * *

Als die *Dehra Dun* das nächste Mal in Port Albert auftauchte, nach wie vor einem Blechspielzeug ähnlich, mit rauchendem Schornstein vor azurblauem Himmel, waren zwei schmale Briefe und ein dicker Umschlag für den Inspector dabei. Der erste war ein überschwängliches, in sorgfältiger Schönschrift verfasstes Dankesschreiben der Anwaltskammer von Cochin. Der zweite kam von der Bank, trug eine unleserliche, arrogant verschnörkelte Signatur und die spröde Mitteilung, dass, wie allseits bekannt, das Bankgeheimnis seinem Ersuchen entgegenstünde. Und im Umschlag steckten zwei von einem unbekannten Kollegen auf einen Zettel gekritzelte

Bleistiftzeilen sowie mehrere mit Schreibmaschine beschriebene Blätter ohne Briefkopf und Unterschrift: Shantidas, welcher in Großbritannien Jura studiert hatte, sei zwar für seine nationalistischen Sympathien bekannt, doch diesbezüglich nie in illegale Aktivitäten verwickelt, so schien es zumindest, abgesehen von sporadischen Geldüberweisungen. Peabody zuckte die Achseln: Es war eine der Marotten der Polizei des *Raj,* überall Nationalisten zu wittern, obwohl sich deren Anhängerschaft hier im Süden gegen null bewegte, da man die Leute aus dem Norden wie die Pest fürchtete und sie um nichts auf der Welt an der Macht sehen wollte. Das wäre noch schlimmer gewesen als die Ingiriss. Der Inspector hatte keine klare Meinung hierzu: Er wusste sehr wohl, dass der *British Raj,* wie jedes Imperium, nicht unsterblich war, aber er hegte so seine Zweifel, ob es einer Koalition aus Anwälten und Großgrundbesitzern besser gelingen würde, Heerscharen von Elenden ins Glück und zur Freiheit zu führen …

Auch in puncto Sitte gab es keinerlei Erkenntnisse zu Shantidas. Jedenfalls ein Junggeselle, dessen Jugendtorheiten keine Spuren hinterlassen hatten. Demgegenüber wurde sein Name, selbst wenn man ihm nie etwas hatte nachweisen können, mehrfach im Zusammenhang mit Erpressungsgeschichten erwähnt: Es deutete alles darauf hin, dass er bisweilen grob fahrlässig gegen die Interessen seiner Klienten verstoßen, ihnen etwa von einem Prozess abgeraten oder wissentlich Verfahrensfehler begangen und dafür bei der Gegenseite enorme Summen kassiert hatte. Die Verdachtsmomente wogen stark, doch mangels Ermittlung war Shantidas nie ernsthaft belästigt worden. Außerdem sei er von seinen indischen Kollegen mit dem Verweis auf den Amtsmissbrauch der Briten gedeckt worden. Es wurde erwähnt, dass sich seine Klientel aus Ganoven sowie Geschäftsleuten zusammensetzte, aus notorischen Schiebern und unlauteren Grundbesitzern. Das Schreiben schloss damit, dass weder die üblichen Anwaltshonorare noch das Familienvermögen – aus dem er immerhin seinen Studienaufenthalt in England finanziert hatte – den Besitz einträglicher Immobilien in verschiedenen Städten, die Beteiligung an etlichen Handelskompanien oder den Bau einer Fünfzehnzimmervilla zu erklären vermochten.

* * *

Mitten im Wiederaufbau war der Lebensmittelladen erneut verwüstet worden. Verhärmter denn je stand Vimala vor Peabody. Völlig niedergeschlagen brachte er kein einziges Wort über die Lippen. Bonaventura beugte sich zu den beiden vor. Schließlich murmelte der Krämer: »Sie haben erfahren, dass ich mit Ihnen geredet habe. Sie sind wutentbrannt wiedergekommen, sie dachten, ich hätte sie denunziert. Mich haben sie nur geschlagen, aber meine Frau, Devi, haben sie vergewaltigt, und das Baby haben sie getötet.«

Peabody antwortete mit Flüsterstimme: »Jetzt musst du mir aber sagen, wer das war.«

»Dann bringen sie mich um.«

»Nun hör mir mal zu: Sie werden so und so wiederkommen, nur zum Vergnügen, denn ich glaube, sie wissen schon, dass bei dir kein Geld zu holen ist. Oder solltest du mir etwas verschweigen?«

Der Mann rang die Hände: »Nie im Leben, Inspector Sahib!«

»Oh doch. Du verschweigst mir etwas ganz Wesentliches, und das ist betrüblich. Aber darüber werden wir später noch reden.«

Vimala blieb stumm. Peabody fuhr im Flüsterton fort, während Bonaventuras Ohr fast an seinem Mund klebte: »Wie haben sie das Baby getötet?«

»Sie haben es auf den Boden geworfen und mit den Füßen nach ihm getreten. Sie haben laut gelacht.«

»Habt ihr, deine Frau und du, denn nicht versucht, sie abzuhalten?«

»Meine Frau hat sich auf sie geworfen. Und da haben sie sie …«

»Neben der Leiche des Babys? Und du bist nicht dazwischen gegangen?«

»Ich hatte Angst, dass sie mich umbringen.«

»Wie spät war es denn, als es passiert ist?«

»Es war mitten in der Nacht. Ich war gerade zurück von … von einem Spaziergang. Ich konnte nicht schlafen.«

»Und wo ist deine Frau jetzt?«

»Zu Hause. Sie weigert sich, das Haus zu verlassen.«

Peabody schüttelte den Kopf: »Sie werden wiederkommen, nicht wahr? Und sie wieder vergewaltigen, vor deinen Augen, wie beim ersten Mal, und dann werden sie euch beide töten. Das sind Tiere. Wenn du willst, dass ich eine Chance habe, sie aufzuhalten, dann musst du mit mir reden. Es wird dir gut tun. Sag mir, wer es ist.«

»Ich weiß es wirklich nicht.«

»Das glaube ich dir nicht. Wo sind sie hergekommen? Vom Meer? Von der Dhau dieser Schmuggler?«

»Nein, zu Fuß, aus einem Dorf, und sie hatten Messer dabei, wie die Schlosser in ihren Hütten sie schmieden. Diese Leute sind nicht von hier, Inspector Sahib, sie haben Hindustani gesprochen.«

»Danke. In der ganzen Provinz gibt es keine hundert Männer aus dem Norden. Jetzt ist es nur noch eine Frage der Zeit, bis wir sie haben. Bis dahin solltet ihr aber weggehen aus Port Albert. In der Missionsstation Saint Anthony wärt ihr in Sicherheit …«

»Ich mag die Priester der Ingiriss nicht so sehr, Inspector Sahib. Man sagt, dass sie ihre Anhänger zwingen, Schwein und Rindfleisch zu essen.«

Bonaventura verzog unwillig das Gesicht.

»Was für ein Unsinn! Aber ganz, wie du willst«, beendete der Inspector das Gespräch.

* * *

Im Nu schob sich die Sonne über den Horizont, himbeer, pfingstrosa, korallenrot zwischen Kokospalmen. O'Reilly, Bonaventura, Anselmus und der Inspector verleibten sich kalte Reisbällchen ein, die der abgebrühteste Garkoch seinen Gästen nicht zugemutet hätte und die Timothy mürrisch vor sie hingesetzt hatte, fast noch im Halbschlaf, triefäugig und in halboffenen Shorts, während er ihnen widerwillig Wasser eingoss. Ausgemergelte Hunde mit schmutziggelbem Fell schlichen erwartungsvoll um sie herum.

Doch siehe, da tat sich der Dschungel auf wie einst das Rote Meer vor dem Volke Israel, und heraus trat Schwester Mary vom Rosenkranz, eine Erscheinung, unwiderruflich, unwiderlegbar. Ein Stück Irland, aber nicht nach Art von O'Reilly. Marineblau gekleidet, mit einem weißen Schleier auf dem Kopf, stand sie aufrecht wie eine Karyatide da, mit heiterer Miene, Smaragdblick und einer Kupfersträhne, die sich vorwitzig unter der Haube hervorstahl. Peabody hatte auf der Stelle eine ausgedörrte Kehle, und sein altes verfettetes Herz begann stürmisch zu pochen.

Die Nonne begrüßte die Seminaristen – in Anselmus' Mundwinkel klebte plötzlich ein Speicheltropfen – und brach beim Anblick O'Reillys, der sie infolge der durchzechten Nacht mit unsicherer Stimme willkommen hieß, in fröhliches Lachen aus: »Ich bin die ganze Nacht über gepaddelt, um die Kühle zu nutzen. Wollen Sie das Neueste aus dem Inneren der Mission hören, Father? Fünfundzwanzig Ihrer Täuflinge vom vergangenen Monat haben, ohne eigentlich vom Glauben abzufallen, wieder die Statuen ihrer Götter hervorgeholt und bringen ihnen nebst der Jungfrau Maria und den Heiligen in schöner Regelmäßigkeit mit andächtiger Miene Opfergaben dar, Kokosnuss, Weihrauch und Blumengirlanden. Fast zwei Drittel der Truppe, ein erbauliches Resultat, nicht wahr? Nehmt es mir nicht übel, Bonaventura und Anselmus, aber eure Landsleute sind schon merkwürdige Christen.«

Anselmus, der von unten zur Nonne hochsah, stammelte eine Entschuldigung, Bonaventura blieb stumm. Der Missionar erhob die Augen zum Himmel: »So ist das eben, meine Schwester, wir werden sie nicht ändern können.«

»Wenn Sie glauben, dass Sie niemals das Geringste ändern können, dann hätten Sie Galway nie verlassen dürfen, Father, wenn ich Ihnen das mal so ins Gesicht sagen darf.«

»Mit diesem verfluchten Synkretismus, der ihnen das Hirn vernebelt, ist es entweder das oder gar nichts. Eine neue Gottheit schließt die anderen nicht aus, was wollen Sie da machen, und unser Heiland wird Shiva, Kali, Vishnu, Lakshmi, Krishna und ihre Myriaden dienstbarer Geister nicht einfach so entthronen. Sie brauchen es ja nicht gerade weiterzuerzählen, aber wir müssen uns damit abfinden.«

»Sind Sie sich der Tragweite Ihrer Worte eigentlich bewusst, Father?«, entgegnete die Nonne. »In Rom ...«

»Rom ist weit weg!«, unterbrach der Ire sie. »Aber lassen Sie mich Ihnen einen der Neuankömmlinge in Port Albert vorstellen, Inspector Josaphat M. Peabody.«

Der Dicke unterdrückte den instinktiven Impuls, der Nonne die Hand zu küssen, und verbeugte sich ungeschickt, wie vom Schlag getroffen von der überwältigenden Schönheit dieser Schwester Mary. Jene richtete ein paar liebenswürdige Floskeln an ihn, auf die er nichts zu erwidern wusste, verwirrt wie er war, zum ersten Mal um eine Antwort verlegen, und so trollte er sich schon bald, im Schlepptau den langen Bonaventura.

Zwei Stunden später standen Bonaventura und der Inspector neben dem Zelt, das unweit der Trümmer des einstigen Lebensmittelladens aufgebaut war. Vimala hatte den Blick gesenkt, Peabody redete gedämpft auf ihn ein:

»Wie sollen wir weiterkommen, wenn du Heimlichkeiten vor mir hast? Und wozu überhaupt? Du weißt doch selber, dass hier keiner lange den Mund halten kann. Mir ist dank der Schwatzsucht eines Bauernlümmels zu Ohren gekommen ...«

»Dieser Verräter? Wer war das?«

»... dass du dich nachts gern mit Bekannten triffst, um an einem verschwiegenen Ort Karten zu spielen. In einem idyllischen Rahmen, unter Palmen, am Ufer eines Kanals …«

»Was die Leute sich alles ausdenken!«

»Und wenn ihr spielt, dann nicht gerade um Bohnen!«

»Nichts als Verleumdung, Inspector Sahib!«

»Diese Hypothese hätte aber einiges für sich, denn sieh mal, ich habe schon oft bei mir gedacht, dass dein Lebensmittelladen, das sage ich jetzt, ohne dein Geschäft abwerten zu wollen, nicht eben eine Henne zu sein scheint, die goldene Eier legt, also kaum was abwirft, was einen Verbrecher reich machen könnte. Aber dann wiederum hab ich mir gesagt, dass es in diesem Land viele Halunken gibt, die für eine Rupie zehn Menschen umlegen würden, und so … war es gewissermaßen wieder im Lot. Deine Linsen- und Reissäcke, deine Konservendosen, das musste diesen Habenichtsen von Verbrechern wie Ali Babas Höhle erscheinen. So dachte ich bei mir«, sagte Peabody mit schier tränenfeuchtem Blick, doch dann schnaubte er plötzlich los wie ein gereizter Stier: »Ganz schön dämlich von mir, mir dein trauriges Los so zu Herzen zu nehmen, denn dein illegaler Palmweinausschank und vor allem dein Glücksspieltreff, der deine eigentliche Erwerbsquelle ist, sind um einiges einträglicher als dein Büchsenfleisch, deine Seifen und dein Öl, hab ich recht?«

Der Seminarist übersetzte alles mit unbewegter Miene, und der Mann senkte bedrückt den Kopf.

»Und da machst du immer weiter so? Was dir passiert ist, reicht dir wohl nicht aus? Sie haben dein Kind getötet, und dir ist das egal? Willst du warten, bis sie deine Frau an Menschenhändler verschachern und dich in Stücke schneiden? Ist dir deine Kasse lieber als deine Familie? Dann brauchen wir gar nicht weiterzureden. Ich überlasse dich deinem Schicksal. Oder aber du vertraust mir und hilfst mir, diese Schurken hinter Gitter zu bringen. Kriegen tu ich sie so und so.«

Vimala muckste sich nicht. Der Inspector redete weiter: »Eine Hand wäscht die andere. Du flüsterst mir einen Namen ins Ohr, und ich vergesse deinen Glücksspieltreff, aber du verlegst ihn ins Hinterland, zwanzig Meilen von hier, irgendwohin, wo kein Engländer je seine Nase hinsteckt. Sonst würden sie mich, wenn es eines Tages herauskommen sollte, und du weißt ja, alles kommt früher oder später heraus, noch der Begünstigung beschuldigen, mir vorwerfen, ich hätte Prozente kassiert oder was weiß ich.«

In aller Treuherzigkeit wollte Vimala dem Inspector gerade eine Beteiligung vorschlagen, um am Ort bleiben zu dürfen, aber er biss sich eben noch rechtzeitig auf die Lippen. Er gab sein Ehrenwort, dass er umziehen würde, und flüsterte Peabody einen Namen ins Ohr. Hochbefriedigt entließ dieser daraufhin Bonaventura aus seinen Diensten und zog selber los, der Siesta zu frönen. Der Name war der eines jener Ganoven, die Shantidas aus den Klauen der Justiz gerettet hatte.

Die Sonne stand senkrecht über Port Albert, und der Ozean kurz vor dem Siedepunkt. Ein gewaltiges Schnarchen erschütterte in schamloser Weise das Waterloo-Hotel und störte die Stille rundum. Eilige Schritte, lautes Rufen. Ein Etagenboy trommelte gegen die Zimmertür und riss den Inspector aus dem Schlaf: »Oh Leuchte der Unterdrückten, die in den finsteren Fluten der Rechtlosigkeit strahlt, geruht, eure Ruhe zu unterbrechen!«

»Wie? Du wagst es, meine Siesta zu stören? Der Teufel soll dich holen, du Flegel! In einem zivilisierten Land würden sie dir den Bauch aufschlitzen, dich mit Cayennepfeffer voll stopfen und bei lebendigem Leib zunähen! Was ist denn jetzt schon wieder los?«

»Oh Leuchtturm, der das Schiff der Gerechten vor der Klippe bewahrt, wachet auf! Father O'Reilly, seine Nachkommenschaft möge zahlreich sein, verlangt Sie dringend zu sehen, Inspector Sahib.«

»Was geht dich die Nachkommenschaft des Paters an? Und welche Laus ist ihm über die Leber gelaufen?«

»Schwester Mary vom Rosenkranz, die Götter mögen ihr langes

Leben und Wohlstand schenken, ist kurz nach ihrer Rückkehr Opfer der lüsternen Attacke eines gewissenlosen Perversen, eines perfiden Ungläubigen geworden.«

»Bring mir ein Glas frisches Wasser. Und hilf mir, die Stiefel zu schnüren«, antwortete Peabody, während er seine Hose über dem hervorquellenden Bauch zuknöpfte und nach seinen Zigarren Ausschau hielt. Diesmal kein Bakschisch.

Der Inspector schaute krampfhaft zu Boden, um die Nonne nicht mit Blicken auszuziehen: »Noch mal von vorne, Schwester Mary. Verzeihen Sie meine Hartnäckigkeit. Es war also ungefähr ...«

»Ich habe Ihnen doch schon gesagt, dass ich nicht die leiseste Ahnung habe. Ich selbst besitze keine Uhr, und die Stationsuhr ist stehen geblieben. Die Feuchtigkeit, wissen Sie.«

»Armseliges Land, wollen Sie sagen?«

»Es sind die, denen es am schlechtesten geht, die uns am meisten brauchen, Inspector.«

»Also jetzt noch mal von vorn, bitte.«

»Es war um zwei oder um drei, zur Stunde der Siesta. Ich konnte nicht schlafen. Da hat sich mir plötzlich ein Mann genähert, mir ein Buschmesser an die Kehle gehalten, mich umklammert, und dann hat er, ohne ein Wort zu sagen, begonnen, sich an mir ... nun ja, Sie verstehen.«

Peabody blickte betont beiläufig drein: »Hm, ich schätze, eine von den unangenehmsten Erfahrungen überhaupt ... Aber hätten Sie sich denn nicht befreien können?«

»Mit einem Buschmesser an der Kehle? Da hätte ich Sie mal sehen wollen! Außerdem war er maskiert, und ich, Inspector, ich war wie gelähmt vor Angst. Ganz schön lächerlich, aber so war es nun mal. Vielleicht hätten ein paar Ohrfeigen ja schon genügt, ihn in die Flucht zu schlagen.«

»War es ein Jugendlicher oder ein Erwachsener? Groß oder klein? Muskulös oder schmächtig? Ein Inder oder ein Europäer?«

»Das vermag ich Ihnen nicht zu beantworten.«

»Haben Sie jemanden im Verdacht? Hat sich irgendwer Ihnen gegenüber hier schon einmal in Wort oder Tat daneben benommen?«

»Nein, nie.«

»Die beiden Seminaristen sind ja ziemlich jung … in ihren Adern schäumt noch das Blut, die Stürme der Jugend …«

Kleine Wichser, dachte er bei sich. Denen spritzt doch der Saft zu den Ohren raus!

»Mir gegenüber haben sie es nie an Respekt fehlen lassen«, erklärte die Nonne.

»Dieser Timothy sieht mir ziemlich lüstern aus. Ich hab den Eindruck, dass er keine Unterwäsche trägt.«

Die Nonne unterdrückte ein Lächeln: »Es wäre recht unziemlich, wollte ich mich für derlei Details interessieren, Inspector.«

»Also Timothy … wirklich nie …?« Der Inspector ließ nicht locker.

»Niemals.«

»Oder der Pater … Man sagt, er sei nicht aus Holz.«

»Oh! Schämen Sie sich! Das Dorfgeschwätz können Sie für sich behalten!«

»Pah! Ich hab doch noch gar nicht richtig angefangen. Nun gut, wir werden Maßnahmen ergreifen. Sie brauchen eine Anstandsdame, eine robuste Matrone, meine ich, die Sie auf Schritt und Tritt begleitet, oder doch fast. Kennen Sie in Ihrer Gemeinde jemanden, der zuverlässig ist?«

»All unsere Katechumenen sind zarter als kleine Mädchen.«

»Und ihre Mütter?«

»Bedauernswerte Kreaturen, die unter der Bürde von Kindern und Kochen, Wäschewaschen und Brennholzsammeln fast zusammenbrechen und nicht einen freien Augenblick haben.«

»Dann vielleicht ein altes Fräulein, oder eine Witwe?«

»Nein, ich sehe keine, die in Frage käme.«

»Gut, dann werde ich mit Father O'Reilly sprechen. Denn bei solchen Vögeln, da weiß man nie. Im Allgemeinen sind sie ja harmlos … Nebenbei bemerkt, ich könnte mir denken, dass bei Ihnen daheim auf dem Lande auch kein Mangel an wunderlichen Gestalten herrscht«, bemerkte Peabody nachdenklich.

Er selber wäre mit Wonne in Begleitung der Nonne nackt über die blühende irische Heide gelaufen, von einem kräftigen Landregen gepeitscht, während am bleiernen Himmel schwefelgelbe Blitze zuckten, doch er behielt seine Gedanken für sich.

»Ja, wir haben auch unser Quantum. Irland ist nicht nur die Insel der Heiligen und Gelehrten, und in seinen einsamen Weiten hausen keineswegs nur Einsiedlermönche«, gab Schwester Mary zurück.

»Wir wollen nicht dramatisieren, es handelt sich vermutlich nur um einen armen, eher harmlosen Teufel, obgleich das Buschmesser schon störend ist. In einem von hundert Fällen freilich münden Aggressionen dieser Art in ein Verbrechen. Wir werden versuchen, Ihren etwas sonderbaren Verehrer dingfest zu machen, werte Schwester, sofern Sie einverstanden sind. Vertrauen Sie mir. Als Erstes, darauf bestehe ich, werden wir Ihnen einen Leibwächter besorgen, oder besser gesagt, eine Leibwächterin.«

»Ich kann mich ganz gut alleine verteidigen.«

»Jemanden, der in aller Diskretion über Sie wacht, gewiss nur für kurze Zeit.«

»Wir reden später weiter. Wollen Sie mich jetzt bitte entschuldigen, die Schule fängt gleich an.«

Mit dem Glockenklang verschwand die Schwester in der geräumigen Strohhütte, in der rund fünfzig Kinder mit riesengroßen Augen und geöltem Haarschopf, Mädchen und Knaben getrennt, vor einer Schultafel lärmten. Peabody fragte sich rein routinemäßig, ob nicht zufällig eine Verbindung zwischen diesem Verrückten und dem Mord an dem Anwalt bestünde.

Father O'Reilly nahm gerade einem Pfarrkind die Beichte ab,

Bonaventura und Anselmus waren nicht zu sehen und Timothy im Garten damit beschäftigt, die Klinge einer Hacke zu schleifen. Peabody machte sich mit geschwollenen Füßen auf den Heimweg. Ein eisiger Krampf durchzuckte jäh seine Eingeweide. Atemlos raste er zwischen die Palmen, knöpfte eilends seine Hose auf und scheuchte mit einem Stöckchen die rötlichen Krebse fort, die sich in Erwartung ihres degoutanten Festmahls um ihn versammelt hatten.

# Viertes Kapitel

*Die Regenwand hatte sich wieder verzogen. Die* Worcester *kam immer näher an die dänische Brigantine heran, als der Wind plötzlich auf West drehte. Die* Tubal-Caïn *drehte nach Steuerbord und öffnete ihre Stückpforten. Während die* Worcester *im halben Wind kostbare Minuten verlor, feuerte die Brigantine eine Breitseite auf sie ab, die den Fockmast, den Klüverbaum und die Galionsfigur beschädigte, und hisste die Trikolore.*

*»Er gibt Signal, Sir!«, rief einer der Leutnants.*

*»Wie belieben, meine Herren?«, brummte Howell verärgert.*

*Tatsächlich tauchten bunte Wimpel im Mastwerk auf.*

*»›Kapitän Borquolme von der* Intrépide, *Kaperschiff der Republik … Soll ich fortfahren, Sir?«*

*»Welch eine Frage, Mann!«, erwiderte der Waliser mit eisiger Stimme.*

*»›… übermittelt dem Kapitän der* Worcester *seine besten Empfehlungen und schlägt ihm vor, unverzüglich mit dem Gefecht zu beginnen.* Time is money, *wie die treffliche Devise Eurer Financiers aus der City lautet …‹«, dechiffrierte einer der Midshipmen widerstrebend.*

*»Welch schamloses Geschwätz! Ob dieser Feigling in Wahrheit nicht nur Zeit schinden will?«, flüsterte einer der Leutnants mit hochrotem Kopf.*

*Da sahen die Briten, wie an Bord gegenüber eine Gestalt ihren Hut mit blauweißrotem Federbusch zog und überschwänglich grüßte. Kapitän Howell unterdrückte einen Fluch, grüßte seinerseits, zog seine Tabaksdose hervor und genehmigte sich eine Prise.*

*»Dieser Königsmörder verwendet den Geheimcode der Admiralität! Haben die denn überall ihre Spitzel? Unerträglich! Eine Anmaßung!«,*

*tobte der Erste Offizier mit grimmigem Blick und umklammerte seinen Degengriff.*

*Howell reichte ihm gelassen seine Schnupftabaksdose, derweil eine zweite Breitseite, schlecht gezielt und durch heftiges Schlingern vom Ziel abgelenkt, auf dem Wasser aufschlug. Ein paar Kugeln zischten über die dunkelblauen Wogen.*

*»Keinerlei Disziplin!«, bemerkte der Erste Offizier und schnupperte an seinem Knaster.*

*»Diese verfluchten Franzosen!«, rief der Kapitän, »denen wollen wir mal das Fell gerben! Alles klar machen zum Wenden nach Steuerbord! Geschützführer, an die Kanonen!«*

*Alles rührte sich. Die Holzsplitter wurden von Deck geräumt. Die Matrosen und Offiziere träumten schon von ihrem Prisenanteil und hofften inständig, die Brigantine möge nicht nur Blumenkohl, Artischocken und Ziegenhäute an Bord haben, sondern sämtliche Silberschätze Potosís.*

*»Klar zur Wende? Ree!«*

*Zur selben Zeit entsann sich an Bord der* Intrépide *der Mann aus Yport mit dem rötlichen Backenbart seiner wilden Vorfahren – denn Borquolme, sein Familienname, leitete sich schließlich von Björkholm ab, »Birkeninsel« in der Sprache des Nordens –, jener ruhmvollen Vorfahren, Schrecken der Meere, deren Kennzeichen die gehörnten Helme waren und die das Bier lauwarm aus den Schädeln ihrer Feinde schlürften, und er brüllte drauflos:*

*»Diese verdammten Rosbifs! Denen werden wir den Appetit auf diese Eselspisse, die sie um fünf Uhr nachmittags saufen, schon noch austreiben! Sind die Geschütze an Steuerbord bereit? Jeder Schuss muss ins Schwarze treffen. Voll in die Planken, Jungs! Alle Mann auf ihre Posten! Juan Pedro, was beim Luzifer und allen seinen Legionen hast du denn in der Kombüse verloren? Hat dich der Durst übermannt? Reiß dich am Riemen, mein Junge! Oder sehnst du dich danach, die Hanfkrawatte dieser Goddams an deinem Hals zu verspüren? Marsch, auf deinen Posten!«*

*Die Kanonenkugeln der Engländer verwüsteten das Deck des Korsaren.*

Die Sonne war weitergewandert, und Peabody rückte in seinem Sessel auf der Terrasse des Waterloo-Hotels dem fliehenden Schatten nach. Schon kamen die ersten Pirogen vom Fischfang zurück. Brummend warf er einen Blick auf die Uhr und riss sich schweren Herzens von seiner Lektüre los. Zeit, sich nach Saint Anthony's aufzumachen.

Am späten Nachmittags war die Hitze noch immer unerträglich. Der Sand versengte einem die Fußsohlen durch die Sandalen hindurch, und die Kinder in der Missionsschule kreischten wie wild. Drei Schritte hinter O'Reilly schlurfte mit vorgeschobenem Bauch die Witwe heran, schweißgebadet unter ihrem schwarzen Purdah. Das Gesicht hinter dem Stoffgitter war kaum zu erkennen.

»Auf Empfehlung von Inspector Peabody haben wir sie gefunden, die seltene Perle«, tat der Missionar Schwester Mary kund, die auf der Türschwelle der Schule erschien. »Die Begum Leila ist eine Muslimin reiferen Alters, eine Witwe von einwandfreiem Ruf; sie ist strenggläubig, entblößt niemals ihr Gesicht, und über ihre Lippen kommt nie das leiseste Wort. Eine arme Frau, die unsere höchste Aufmerksamkeit verdiente, aber, ich sag's Ihnen besser gleich, sie leidet unter einer ausgeprägten geistigen Verwirrung.«

»Die gute arme Seele!«

»Immerhin versteht sie ausreichend Englisch, um zu begreifen, was man von ihr will.«

Die bauchige Gestalt gab ein animalisches Knurren von sich.

»Aber hatten Sie nirgends unter Ihren Katechumenen …?«

»Die haben nicht die erforderliche Statur, mit Verlaub, meine Schwester. Und Bonaventura, an dem an und für sich nichts auszusetzen wäre, wird vom Inspector noch als Dolmetscher gebraucht. Anselmus ist ein Hänfling, und ich bin vielbeschäftigt. Sie werden mit der Begum Leila, unserem Schützling, die Sie noch keine Gelegenheit hatten näher kennen zu lernen, überaus zufrieden sein, und dann soll sie ja auch, außer natürlich auf Sie aufzupassen, weiter nichts tun, als Wasser zu holen und hier und da kleinere Dienste zu verrichten.«

Das Gebrüll im Klassenzimmer war kaum noch auszuhalten. Die Kinder hüpften mit geschlossenen Füßen bis zur Decke hoch und versuchten, einander mit dem Federhalter die Augen auszustechen. Die Witwe tat einen Schritt in den Raum, knurrte ungehalten hinter ihrem schwarzen Stoffgitter hervor, und es trat eine tiefe Stille ein.

* * *

Fast sechs Uhr morgens. Ein ewiger Kalender aus vergilbter Pappe zeigte das Datum vom Vortag an: den 5. März. Der Laufbursche, der den Kanzleistaub mit einem Palmwedelbesen von einer Ecke in die andere schob, stieß einen gellenden Schrei aus und nahm schleunigst Reißaus, als er den entblößten Leichnam eines der Schreiber auffand, der mit zersplitterter Brille auf dem Boden lag: Es war P. J. Chandrikâ.

Kreuzförmige Kerben auf dem Brustkorb, aufgeschlitztes Glied: Abgesehen vom linken Bein, das diesmal nicht abgesägt worden war, derselbe Modus Operandi wie beim Mord an Anwalt Shantidas. Peabody, noch ein wenig schlaftrunken (*»Inspector Sahib, dead man again!«*, hatte der Etagenboy gejapst, der ihn eine Viertelstunde zuvor aus dem Bett gescheucht hatte), zückte sein Notizheft und begann, sich Aufzeichnungen zu machen. Er drehte die Leiche um: Der Rücken war mit Messerstichen übersät. Da musste einer förmlich über ihn hergefallen sein. Und da war noch etwas, das seine Aufmerksamkeit auf sich zog, am Hintern, der Schleimspur einer Schnecke ähnlich. Er fuhr mit dem Finger darüber und schnupperte: »Das wird ja immer besser! Man gönnt sich ja sonst nichts! Ein nettes kleines Schäferstündchen am frühen Morgen! Mit einem, der einen garantiert nicht abblitzen lässt!«

Verstohlen wischte der Inspector den Finger am Vorhang ab. Ein Hotelbediensteter brachte ihm eine Teekanne und einen Teller voller Toasts herüber, die er mit gutem Appetit verdrückte, während er sich gründlich die Leiche besah, die schon bald voller Krümel war. Frazier, von seinem Dauerlauf unter Palmen zurück, war auch gleich zur Stelle, frisch rasiert, im weißen Anzug – obschon sein unansehnlicher Teint und sein unsteter Blick den vorteilhaften Eindruck Lügen straften–, und erging sich in einer Flut von Ausrufen über das Barbarentum der Eingeborenen: »Unerhört! Ein zweites Verbrechen, und genau auf dieselbe Weise wie das erste begangen!«

»Nicht ganz genau, mein Lieber«, berichtigte Peabody ihn mit freundlicher Nachsicht. »Mindestens dreißig Einstiche. Kein amputiertes Bein. Kein Verdacht auf Kannibalismus dieses Mal. Freilich, im vorliegenden Fall haben der Mörder oder ein Komplize sich erkühnt, die Leiche zu missbrauchen.«

»Wie bitte? Ich wage nicht mir vorzustellen …«

»Wünschen Sie, dass ich die Szene nachstelle?«, erwiderte Peabody und begann, obszön sein Becken zu schwenken. »Trinken Sie eine Tasse Tee mit mir, er ist schön schwarz.«

Man hatte offenbar versucht, den Geldschrank zu knacken, doch ohne Erfolg; es gab auch keine Spuren eines Kampfes. Chandrikâ hatte wohl nichts Böses geahnt; vielleicht waren ihm die Angreifer auch bekannt.

»Na schön, wir werden überprüfen, was die Herren in den vergangenen Stunden so getrieben haben. Einschließlich Batterbury-Woods«, erklärte Peabody.

»Sie denken doch nicht etwa …«, schnappte Frazier, der schockiert war, sich aber nichts anmerken ließ.

»Oh, das Denken hab ich schon längst aufgegeben, dazu ist es hier viel zu heiß, aber wir werden Minute für Minute überprüfen, wer sich wann wo aufgehalten hat. He du! Geh und hol uns noch etwas Toast! Nun mach schon! Oder weißt du nicht, was deine Pflicht ist?«

P. J. Chandrikâ war ein Angestellter ohne Geschichte gewesen, einer dieser bescheidenen Tintenkleckser, wie es sie in Indien zu Millionen gab. Gutwillig, doch extrem langsam beim Ausfertigen seiner Dokumente, stets geneigt, die Feder aus der Hand zu legen, um am Krug einen Becher Wasser zu trinken oder einen Vorgesetzten untertänigst zu begrüßen. Er war praktizierender Brahmane, enthielt sich des Alkohols, lebte vegetarisch, und seine Brille, ein westlicher Luxus, war sein einziges besonderes Kennzeichen. Er stand im Morgengrauen auf, um im Tempel seine Andacht zu halten, begab sich danach in die Kanzlei des Steuereinnehmers, nahm mittags ein frugales Mahl aus Reis und Gemüse zu sich, das er eingewickelt in ein verschnürtes Bananenblatt mitgebracht hatte, und wartete, bis es Zeit war, wieder nach Hause zu gehen. Er wohnte in einem der umliegenden Weiler und hatte eine vielköpfige Sippe zu versorgen. Da er das Gehalt eines subalternen Beamten bezog, galt er als wohlhabende Persönlichkeit, und etliche seiner so bedürftigen wie unbedarften Cousins waren mitsamt Weibern und Kindern bei ihm eingefallen, gewillt, sich bis zum letzten Atemzug durchfüttern zu lassen, wobei sie in Kauf nahmen, die schlimmsten Erniedrigungen wegstecken zu müssen.

Der Tagesablauf der fünf überlebenden Kanzleiangestellten wurde akribisch durchleuchtet. Alles war unverdächtig: Drei von ihnen waren nach der Arbeit heimgegangen und hatten sich bis zum nächsten Morgen nicht von zu Hause fortgerührt; die beiden anderen, die sich höchstwahrscheinlich in Vimalas Glücksspieltreff herumgetrieben hatten, brachten Zeugen mit ehrlichen Augen bei, die glaubwürdig bestätigten, die Betreffenden hätten den Abend unter Freunden beim Linsenspiel verbracht. Nach einigem Gebrüll von Seiten des Dicken gaben sie zu, dass Chandrikâ dabei gewesen war, doch mehr war nicht aus ihnen herauszubekommen. Sie seien so ins Spiel vertieft gewesen, dass sie sich nicht erinnerten, um wie viel Uhr er sich verabschiedet hatte. Sie vermochten noch nicht einmal zu sagen, ob er allein oder in Begleitung Dritter gegangen war. Batterbury-Woods für sein Teil machte erst ein bisschen Theater, musste es aber hinnehmen, dass jeder seiner Schritte in der Mordnacht überprüft wurde. Seine Frau und die Domestiken – Peabody versprach letzteren, sollten sie falsches Zeugnis ablegen, unsägliche Höllenqualen – bestätigten, dass er den Bungalow nicht verlassen hatte.

Zu Beginn des Vormittags schloss sich Peabody mit Batterbury-Woods in dessen Büro ein. Frazier wartete derweil in seiner Kanzlei auf die Ergebnisse der Befragung, die er als rein routinemäßig einstufte. Vor den beiden dampfte eine Kanne mit Tee. Der Inspector blickte finster drein: »Ich bin im Moment ja der Einzige, der Bescheid weiß, aber es sieht gar nicht gut für Sie aus. Sie hätten besser daran getan, in England zu bleiben, statt sich hier in eine solch missliche Lage zu begeben. Am 18. Februar informiert mich P. J. Chandrikâ, um sich selbst zu schützen, über Ihre unappetitlichen Machenschaften. Außer ihm und mir weiß kein Mensch davon. Heute, am 6. März, wird er tot aufgefunden, unter Umständen, von denen ich Ihnen nichts erzählen muss. Für mich ist der Fall klar. Wenn Sie gleich ein Geständnis ablegen, gewinnen wir Zeit.«

»Das Ganze ist ein unglückliches Zusammentreffen! Ich habe damit nicht das Geringste zu tun! Meine Frau und das Personal haben es Ihnen doch schon bestätigt.«

»Ein Alibi ist immer nur ein Alibi. Es taugt, was es taugt, solange, bis ein Zeuge auftaucht, der das Gegenteil behauptet.«

»Sie sind …«

»Eine Spur leiser bitte. Chandrikâ war ein mustergültiger Mitarbeiter, er hat nie irgendwelche Geschichten gemacht. Niemand hatte einen Anlass, ihm nach dem Leben zu trachten, außer Ihnen, um ihn zum Schweigen zu bringen.«

»Das stimmt nicht! Sie haben keinerlei Beweise.«

»Im Augenblick. Aber das kommt schon noch – warten Sie nur ab. Ich werde Sie nicht einlochen, das gäbe ein schlechtes Bild ab, aber ich werde Richter Frazier nahe legen, Ihnen zu untersagen, Port Albert zu verlassen. Ganz vertraulich, das versteht sich von selbst. Keine Sorge, Sie werden nicht zum Gespött der Faulenzer im Hafen werden.«

»Ihr Vorgehen ist illegal!«

»Dann suchen Sie sich einen guten Anwalt.«

Im Lauf des Nachmittags knöpfte Peabody sich dann Vimala vor und erfuhr am Ende, dass Chandrikâ, wie fast alle Männer in der Gegend, Stammgast in seinem Glücksspieltreff gewesen war. Er habe im Übrigen stets mit großer Zurückhaltung gespielt, nie mehr als ein Glas Palmwein getrunken und immer das größte Stillschweigen über diese kleine Abweichung von seinem sonst so geregelten Leben bewahrt. Vimala gab am Ende sogar zu, dass der Schreiber auch am Abend vor seiner Ermordung bei ihm gespielt hatte, doch habe es, so versicherte er, keinerlei besondere Vorkommnisse gegeben. Vimala betonte mit Nachdruck, dass sein Etablissement, wenngleich bescheiden, so doch straff organisiert sei und es nie Streit oder Betrügereien gegeben habe. Auch seine Schutzgelderpresser hätten sich in letzter Zeit nicht mehr blicken lassen. So behauptete er, vermied es jedoch, dem Inspector dabei in die Augen zu sehen.

Die Frau und die Kinder von P. J. Chandrikâ, seine Mutter, eine ausgezehrte Witwe, sowie seine Geschwister, seine Schwäger und Schwägerinnen mitsamt Ehegatten, seine Cousins und Cousinen, Nichten und Neffen verfielen bei der Nachricht von seinem tragischen Tod in lautes Wehklagen – Bonaventura hatte ihnen mitgeteilt, dass er in Ausübung seines Amtes gestorben sei, ihnen jedoch die üblen Einzelheiten erspart. Um einen Skandal zu vermeiden, hatte man ihnen einen Leichnam geliefert, der so straff in sein Grabtuch gewickelt war wie die Mumie eines Pharaos. Sie waren mit einem Schlag ihrer Haupteinnahmequelle beraubt; die paar Morgen Reisfelder, die sie verpachteten, brachten kaum etwas ein, und von der Regierung war keinerlei Hinterbliebenenrente zu erwarten. Zudem kursierten seit dem frühen Morgen trotz allem schon Gerüchte, und die näheren Umstände des Verbrechens würden die Familie trotz des untadeligen Lebenswandels des Verstorbenen unweigerlich in Verruf bringen. Insofern hatten sie allen Grund, in düsteres Geheul auszubrechen und diesen Ingiriss rachsüchtige Blicke entgegenzuschleudern. Der kärgliche Zuschuss fürs Brennholz, zu dem Peabody Batterbury-Woods schleunigst überredet hatte, vermochte sie nur mäßig zu trösten.

Im Speisesaal des Hotels, in dem sich die britischen Bewohner von Port Albert häufig zum Dinner trafen, kaute ein jeder stumm auf seinem gekochten Lamm und seinen Karotten herum, während der Abendwind ihnen vom Strand den Geruch von verdorbenem Fisch zutrug. Die klebrige Hitze wollte nicht weichen. Die Sonne ging unter in einem Flammenmeer, am Horizont stach das Segel einer verdächtigen Dhau in den Himmel, doch im Waterloo-Hotel waren die Jalousien zugezogen. Wie um die unerquicklichen Ereignisse des Tages auszulöschen, trugen die Herren weiße Dinnerjackets und am Hals von Mrs Batterbury-Woods funkelten, irgendwie unangebracht, prachtvolle Diamanten. Die Atmosphäre war drückend: diese zweite Leiche heute, auch wenn es sich nur um einen bedeutungslosen indischen Tintenkleckser handelte, und dazu all das, was jeder über jeden wusste und verschwieg.

Frazier kaute mit Fleiß und gab dabei Hygienetheorien zum Besten, denen zufolge langes und gründliches Einspeicheln das Geheimnis der Gesundheit des Individuums und letztlich Motor des gesellschaftlichen Fortschritts sei. Das kalte Duschen nicht zu vergessen, besonders wichtig in diesem kräftezehrenden Klima, und dann die schwedische Gymnastik, am Boden oder an der Sprossenwand.

Der Nachruf auf P. J. Chandrikâ war schnell abgehakt: »Die Inder sind Leute, die nicht kauen. Sehen Sie nur, wie hurtig sie ihren Reis hinunterschlingen und sich dann schnell den Mund ausspülen! Eine Sache länger als den Bruchteil einer Sekunde im Mund zu behalten, gilt als unrein. Kein Wunder, dass sie nicht alt werden, die Inder!«

Batterbury-Woods, der dasaß wie ein Leichenbitter, stimmte kraftlos zu, während seine Frau nicht ein Wort hervorbrachte. Peabody für sein Teil fragte sich, warum man den Schreiberling auf so widerwärtige Art ermordet hatte, und konterte ein paar Fangfragen von Richter Frazier zum Stand der Ermittlungen im Fall Shantidas. Die Untersuchungen gingen ganz gut voran, entgegnete er zuversichtlich, während er sich mit seiner violetten, zerfurchten Zungenspitze über die fülligen Lippen fuhr und seine Tischgenossen insgeheim zur Hölle wünschte, einer Hölle voll weißglühender Gabeln.

Ungewollt aufgewühlt, insbesondere von der spröden Miene und dem diskret gewölbten Mieder der Gattin des Steuereinnehmers (er erinnerte sich an die Strandszene und stellte sich vor, wie sie grantig ihren ehelichen Pflichten nachkam), wischte Peabody sich seine fettigen Lippen nicht an der Serviette ab, die ihm aus der Hand geglitten war, sondern an der Krawatte, der er unbemerkt einen Kuss aufdrückte. Dann schlang er Gesichter schneidend den Mango-Papaya-Salat hinunter, bei dessen purem Anblick er seine Innereien schon unheilvoll gluckern spürte, brach eilends auf und verschwand in die Finsternis. Mrs Batterbury-Woods ihrerseits trank noch einen Kräutertee und ließ sich danach von ihrer Dienerin zum Bungalow zurückbegleiten.

Der Richter und der Hilfssteuereinnehmer waren jetzt allein auf der Hotelterrasse, vor sich die Meereswellen, welche sanft in der Brise plätscherten, die inzwischen von landeinwärts herüberkam und mit würzigen Gerüchen gesättigt war. Ein Öllämpchen warf seinen Schein in die Finsternis. Ein Hund auf der Hauptstraße heulte zum Gotterbarmen. Ein Kellner hatte ihnen Brandy und Zigarren gebracht und aus seiner Unzufriedenheit, mit derlei unreinen Substanzen in Berührung zu kommen, nicht den leisesten Hehl gemacht. Beide benahmen sich so, als ob nicht der eine den anderen erst am Morgen angewiesen hätte, in der Stadt zu verbleiben.

»Dieser Peabody? Den kenne ich noch von früher, das ist wahrhaftig ein Mann von niederem Stande«, säuselte Batterbury-Woods, während die Flamme sich in seinen runden Brillengläsern spiegelte. »Alles andere als ein Gentleman. Keinerlei Kinderstube. Meine Eltern hätten den nicht einmal als Diener gewollt. Ein einfacher Polizist. Beklagenswerte Manieren, beschränkte Fähigkeiten, und seine Vorlieben … schweigen wir lieber. Damit Sie sich ein Bild machen können: Seine Lieblingslektüre sind abstruse, blutrünstige Piratenromane.«

Richter Frazier zuckte die Achseln: »Soll er doch lesen, was er will, dieser brave Inspector. Juristische Traktate, Fachbücher über Buchhaltung oder Landbau, was kümmert es mich? Oder kriminalistische Abhandlungen«, bemerkte er mit einem boshaften Seitenblick auf den jungen Mann. »Warum nicht auch pornografische Romane, wenn die kaiserliche Zensur schon vergisst, sie auf den Index zu setzen«, fügte er höhnisch lächelnd hinzu, während seine Oberlippe nervös zu zucken begann und er den Steuereinnehmer, den er offensichtlich für einen Kretin hielt, impertinent musterte: »Ach, kennen Sie eigentlich diesen ungeheuer verblüffenden chinesischen Roman, wo ein Libertin, den sein winziges

Glied zur Verzweiflung treibt, sich einen Hundepenis anbringen lässt, um jederzeit eine Erektion zu haben? Ziemlich witzig, fürwahr.«

Von den Äußerungen des Richters, der immerhin Witwer war, zutiefst schockiert, errötete der Hilfssteuereinnehmer bis unter die Haarwurzeln, und sein blaues Auge blitzte empört hinter seinen Brillengläsern auf: »Lachen Sie nur. Das ist noch längst nicht alles. Ich habe aus sicherer Quelle erfahren, dass er die Ausbildung eines jungen Eingeborenen in einer Stadt im Norden finanziert, wo er früher einmal Dienst getan hat«, erwiderte Batterbury-Woods gekränkt. »Ich frage mich mittlerweile, ob sich dahinter nicht ein amoralischer Lebenswandel verbirgt. Finden Sie das nicht auch merkwürdig?«

»Nicht im Geringsten. Das ist sehr anständig von ihm. Ich vermute, er hat sonst keine Familie«, erwiderte Frazier, auf dessen schlaffen Zügen sich dies eine Mal ein gewisses Wohlwollen abzeichnete.

Peabody war in der Tat nie verheiratet gewesen. Er hatte weder Geschwister noch, soweit er es überblicken konnte, uneheliche Kinder, und seine Eltern waren fünfunddreißig Jahre zuvor bei einem Eisenbahnunglück in Yorkshire ums Leben gekommen.

»Meines Wissens nicht, und dieser Punkt interessiert mich auch gar nicht«, antwortete der Steuereinnehmer, der ohne seine eigene Familie vermutlich Schauermann auf den Themsekais oder Bettler in den Markthallen von Covent Garden geworden wäre. »Jedenfalls taugt dieser Inspector höchstens dazu, Taschendiebe auf dem Marktplatz aufzugreifen oder Schmugglern zehn Unzen Opium abzujagen. Sie haben ihn ja nicht am Hof dieses Radschas erlebt: Sein Benehmen hätte einfach jeden vor Scham erröten lassen. Und es wird gemunkelt, er treibe sich mit eingeborenen Prostituierten herum … Wo steckt er eigentlich heute Abend? Vielleicht schon wieder in der Unterwelt …«

»Die Unterwelt von Port Albert, die würde ich gern mal kennen lernen. Vielleicht nehmen Sie mich ja mal mit, mein Lieber«, höhnte der Richter.

Jäh stieg in Batterbury-Woods, dem der kalte Schweiß über den Rücken rann, die Vorahnung auf, der Inspector könnte ihm ohne viel Federlesens den Mord an Chandrikâ anhängen; es gab zu Vieles, das einfach gegen ihn sprach. Mit verstörter Miene und beschlagenen Brillengläsern stand er auf und verschwand.

* * *

Die Nonne hatte ihre Haube abgenommen – es war rotes, sehr kurz geschnittenes Haar, das da zum Vorschein kam – und stand aufrecht da, ohne sich zu rühren. Durch das grobe Baumwollhemd hindurch konnte die Alte die aufrührerischen Brüste erahnen, den stolzen Hintern, den marmornen Bauch und das lodernde Dickicht. Der Gedanke an die endgültige, unumstößliche Jungfernschaft dieser Aphrodite, die für die Welt verloren war, bedrückte sie mehr, als Worte zu sagen vermögen, und sie wünschte das ganze Mönchstum zum Henker.

Im Schatten der sich ins Unendliche vervielfachenden Palmen entleerte die Begum Leila, die unter ihrem schwarzen Leichentuch nur so glühte, energisch einen Eimer Wasser nach dem anderen über der jungen Frau und dachte, sie würde gleich ohnmächtig niedersinken, als sie die Brustspitzen unter dem kühlen Nass hart und fest werden sah. Schwerfällig, mit schwabbelndem Bauch, lief sie ein ums andere Mal zum Brunnen, bis sie sanft getadelt wurde: »Hetzen Sie nicht so, Sie arme Seele, Sie sind ja schon ganz außer Atem.«

Der Begum tat es nicht leid, da zu sein, sie vergeudete nicht ihre Zeit, sie machte sich nützlich, aber sie hätte es schon gern gesehen, wenn dieser Onanierer, der Liebhaber nachtblauer Schleier, sich noch einmal gezeigt hätte. Doch das wäre dann das Ende ihrer Mission und hieße, dass sie Schwester Mary vom Rosenkranz nur noch selten und nur aus der Ferne zu Gesicht bekäme …

Keuchend trabte die Alte mit ihren Eimern weiter zum Brunnen, um die Nonne weiter voller Hingabe zu bespritzen.

* * *

Zwei Tage nach dem Mord fand ein Bauer, der seinen Feuerstein verloren hatte, in einem Busch am Wegrand ein Messer mit breiter Klinge, an dem getrocknetes Blut klebte und das vielleicht dazu benutzt worden war, P. J. Chandrikâs Leben ein Ende zu setzen. Die Waffe ging von Hand zu Hand und wurde von fünfundzwanzig Personen betastet, die lauthals ihre Kommentare abgaben, ehe sie bei Peabody ankam, der dem Finder nach orientalischer Manier großartig eine silberne Viertelrupie überreichte. Ein großes F war unbeholfen auf den Griff graviert, daneben zwei Kerben. Ruhig Blut, Josaphat, der blödeste Mörder würde dir nicht von sich aus eine solche Fährte legen.

Nachdem er das Messer eingehend untersucht hatte, wickelte er es in Seidenpapier, verstaute es in einer Schublade und machte sich nochmals zur Fundstelle auf, doch er fand im Gebüsch weiter nichts als Rattenknochen, die noch größer waren als getrocknete Hundehaufen. Schwitzend kehrte er ins Hotel zurück, die Füße in den Halbstiefeln angeschwollen, und wartete auf Bonaventura, den er sogleich überfiel und ihm das Messer unter die Nase hielt: »Sagen Sie, stammt das Messer hier aus der Gegend?«

»Uh, Blut!«, rief der Seminarist mit düsterer Stimme aus. »Hier aus der Gegend? Das kann ich Ihnen kaum beantworten, Inspector Sahib. Ich brauche ja höchstens mal zum Obstschälen ein Messer, und selbst das macht meistens Timothy. Sie werden schon festgestellt haben, dass es sich um kein besonders hochwertiges Stück handelt.«

Es war Peabody klar, dass die Ermittlungen sich schwierig gestalten würden, denn gesetzt den Fall, dass das Messer aus der Umgebung stammte, konnte es aus der Werkstatt jedes beliebigen Dorfschmiedes kommen. Es war verlockend anzunehmen, dass dieser F., der mit dem Mord an Chandrikâ zu tun zu haben schien, aber vielleicht auch mit dem an Shantidas, erneut zuschlagen würde. Aber es war unerfreulich für Peabody, brummend mit ansehen zu müssen, wie die Zahl der Leichen mit eingekerbtem Brustkorb und aufgeschlitztem Penis immer größer wurde. Seine Vorgesetzten, die oft und gern Streit mit ihm suchten, hatten ihm zwar in aller Form nahe gelegt, sich wie im Urlaub zu fühlen, doch wer weiß, ob sie sich das am Ende nicht doch noch anders überlegten.

* * *

Der Junge, der beim Telegraphenamt aushalf, kam mit einem Umschlag in der Hand in den Salon des Waterloo-Hotels gestürmt. Er stürzte auf Peabody zu, der sogleich das Siegel aufbrach. »Hoppla, mein Kleiner, warte mal. Lauf nach Saint Anthony, sag Schwester Mary vom Rosenkranz, dass die Begum Leila erkrankt ist, und schick mir Bonaventura. Da, hier hast du vier Anna.«

Der Junge sauste strahlend los, während die Etagenboys angesichts des Trinkgelds, das er einkassiert hatte, säuerlich blickten.

Eine Stunde später, der Inspector betrachtete gerade unter dem ein Stückchen hochgezogenen Vorhang hindurch den Ozean, tauchte der vollbärtige Riese auf: »Womit kann ich dienen, Inspector Sahib?«

»Ich habe das hier erhalten. Einer von Shantidas' Bediensteten ist in der Nähe von Quilon aufgeflogen, als er versucht hat, Silbergeschirr zu verhökern, das offenbar aus der Villa des Anwalts entwendet worden ist. Da er so geistesgegenwärtig war, die Polizisten tätlich anzugreifen, haben sie ihn vorübergehend eingelocht. Er hat natürlich alles geleugnet. Bei allem, was hier vor sich geht, bleibt mir keine Zeit hinzufahren, um ihn persönlich zu vernehmen oder so lange zu warten, bis die *Dehra Dun* hier anläuft. Springen Sie in die erstbeste Piroge und verhören Sie ihn, Bonaventura, Sie würden mir damit einen fabelhaften Dienst erweisen.«

»Aber ich weiß gar nicht, wie ich das anstellen soll …«

»Sie wissen, wie man einem Sünder die Beichte abnimmt, ihn dazu bringt, sein Gewissen von innen nach außen zu kehren, oder etwa nicht?«

»Man hat es uns beigebracht. Nichtsdestotrotz …«

»Das ist dasselbe. Fahren Sie los und knüpfen Sie sich diesen treulosen Domestiken vor. Er soll alles ausspucken, was er über Shantidas weiß. Und überprüfen Sie ganz genau, was er am 22. Januar alles getrieben hat, ob das Personal sich vor oder nach dem Mord abgesetzt hat, all diese Dinge. Seien Sie überzeugend und brüderlich, aber zögern Sie auch nicht, ihm nötigenfalls ein oder zwei saftige Ohrfeigen zu verpassen.«

»Das lässt mein künftiges Priesteramt nicht zu, Inspector Sahib.«

»Wie auch immer. Machen Sie sich auf. Hier sind zehn Zeilen für meine Kollegen und zwanzig Silberrupien für Ihre Unkosten. Ich erwarte eine genaue Abrechnung.«

Bonaventura verzichtete auf weitere Diskussionen und trollte sich, insgeheim entzückt, zum Ermittler aufgestiegen zu sein.

Trotz aller Bemühungen der barfüßigen Hilfspolizisten in ihren Wickelgamaschen, die jeden Eisen- und Messerschmied anbrüllten und ihm mit dem Henker drohten, konnte oder wollte keiner von ihnen die Waffe wiedererkennen. Auch hatte kein Schmied je ein Messer geschliffen, auf dessen Griff ein F eingraviert war. Zu allem Überfluss existierte dieser Buchstabe gar nicht in den Sprachen Indiens, und für die Einheimischen war es reinste Zungenbrecherei, ihn auch nur auszusprechen: Sie spitzten die Lippen und versuchten, eine Art Zischlaut zu erzeugen, ähnlich einem *s* oder *p*, was den Inspector schier zur Verzweiflung brachte. Und ein Muslim, nun, der hätte gleich den arabischen Buchstaben *fa* graviert. Dieses F war eindeutig westlicher Herkunft.

Peabody fragte sich am Ende gar, ob die Waffe nicht aus dem Besitz eines englischen Soldaten stammte und marschierte schnurstracks zum Telegraphenamt. Er brachte einige Zeit damit zu, ein diplomatisches Schreiben zu verfassen, das für den Generalstab bestimmt war: Ob in letzter Zeit Soldaten entlassen worden oder desertiert seien, deren Zu-, Vor- oder Spitzname mit einem F anfing? Ein zweites Telegramm, an die Adresse verschwiegenster Dienststellen in Kalkutta gerichtet, ersuchte um Unterstützung seiner unkonventionellen Anfrage bei der Soldateska. Das dritte Schreiben, das an seine Kollegen in Cochin ging, bat um Auskunft, ob es in der Gegend englische Deserteure gebe.

* * *

Von der Oberlippe des Jugendlichen, die ein zarter Flaum säumte, perlte der Schweiß. Er lag bewusstlos auf einem Feldbett im Schatten eines Mangobaumes im Hof der menschenleeren Missionsstation und atmete nur noch ganz schwach. Schwester Mary tupfte das Blut ab, das ihm vom Arm troff, in dem eine tiefe Schnittwunde klaffte, und wandte sich an Peabody: »Zwecklos, nach einem dieser Herren zu suchen, sie sind alle spurlos verschwunden. Aber Sie, wenn Sie schon da sind, Sie könnten sich nützlich machen. Versuchen Sie mal, von Timothy, falls Sie ihn finden, abgekochtes Wasser zu bekommen, und holen Sie das Köfferchen mit dem Operationsbesteck aus meiner Hütte. Beeilen Sie sich, Sie sehen ja, wir haben keine Zeit zu verlieren. Übrigens zwingt Sie niemand, mir Ihren Rauch ins Gesicht zu blasen.«

Der Dicke entledigte sich seines Zigarrenstumpens, dampfte ab und war schon bald wieder zurück. Die Nonne untersuchte die Wunde, verzog das Gesicht und wusch sie aus, griff nach einem Skalpell, schnitt das von Erde verunreinigte Fleisch heraus und spülte die Wunde ein zweites Mal durch: »Sehen Sie mal hier. Der Stich ist nur knapp an der Arterie vorbeigegangen. Ein Stückchen weiter nur und der arme Junge wäre bereits verblutet. Die Klinge war wirklich sehr verdreckt. Na schön, das wäre geschafft. Los, seien Sie so gut und holen Sie mir etwas Whiskey.«

»Aber …«

»Kein Aber. Vorwärts!«

Verblüfft über Schwester Marys resoluten Ton kehrte Peabody zu Timothy zurück, der ihm widerwillig Whiskey eingoss, in ein Glas, das noch schmutziger als gewöhnlich war. Die junge Frau roch an dem Gebräu, schnitt eine Grimasse und schüttete alles in die Wunde. Der Junge wachte brüllend auf.

»Oh nein! Das reicht! Bitte, Inspector, halten Sie ihn fest, so kann ich nicht arbeiten. Sehr gut. Sie sind eine echte Hilfe. Fein, das wäre geschafft. Hoffen wir, dass er keine Infektion bekommt. Und jetzt« – der Jugendliche war wieder bewusstlos geworden – »reichen Sie mir bitte die dicke Nadel und den Katzendarm herüber, ja?«

Der Inspector gehorchte, ausnahmsweise stumm. Er betrachtete die kräftigen Hände mit den schlanken Fingern, die geschickt mit der Nadel umgingen. Die Wunde war im Nu zugenäht.

»Sie stellen sich gar nicht mal so übel an. Ich werde am Ende noch glauben, dass Sie doch zu irgendetwas taugen«, bemerkte Schwester Mary mit ironisch funkelndem Blick.

»Kennen Sie den Jungen?«, fragte Peabody misstrauisch, für einen Moment wieder ganz der Polizist.

»Na, na! Nun sehen Sie mich nicht so an! Das ist einer von unseren Täuflingen, aber seinen Namen könnte ich Ihnen schon nicht mehr nennen. Wir haben ihn vor längerer Zeit aus den Augen verloren. Aber in der Stunde der Not hat er den Weg zurück nach Saint Anthony's gefunden.«

Sie bekreuzigte sich.

»Hühnerdiebstahl?«, fing Peabody wieder an.

»Oder Familienstreitigkeiten. Wir werden es vermutlich nie erfahren. Die Inder, das wissen Sie ja, hassen es, wenn derlei Dinge an die Öffentlichkeit dringen. Kommen Sie, lassen wir ihn ausruhen.«

»Aber haben Sie denn niemanden, der Ihnen zur Hand geht, bei solchen Vorkommnissen?«

»Sie sind, wie Sie sehen, der Einzige! Die Seminaristen sind unsichtbar und der Pater kann den Anblick von Blut nicht ertragen«, schloss sie und deutete ein Lächeln an: »Ach, was für eine Mannschaft!«

»Ich stelle mit Befriedigung fest, dass Sie nichts von einem schwachen Weib an sich haben …«

»Halten Sie mich bloß nicht für eine Suffragette!« Schelmisch drohte sie ihm mit dem Zeigefinger. »Kommen Sie, Timothy wird uns einen Tee zubereiten.«

* * *

Die Polizei von Cochin antwortete als Erste: Der einzige an der Malabarküste bekannte Deserteur sei ein schottischer Seemann mit Namen Ebenezer Jacobson. Er war seit drei Monaten in der Provinzhauptstadt inhaftiert, weil er in der Kaserne des 5th Native Infantry Regiments einem Offizier sein Pferd gestohlen hatte. Im Übrigen könne auch die Royal Navy es kaum erwarten, seiner habhaft zu werden, um ihm mit der neunschwänzigen Katze eins überzuziehen, und die Präsidialbehörden von Madras würden sich gleichfalls gern mit ihm unterhalten. Na schön. Durchhalten, Josaphat. Vergiss diesen Jacobson.

Der Generalstab schickte kein Telegramm, dafür steckte eines Tages im Sack mit der Amtspost, die mit dem Dampfer kam, ein dicker, dem Inspector zugedachter Umschlag.

Sämtliche in den letzten sechs Monaten entlassenen Soldaten hatten sich wieder nach England eingeschifft. Dem Schreiben war eine Liste mit den Namen aller in Frage kommenden Deserteure beigefügt: Patrick Fitzroy war gerade im Punjab in einem Zug aufgegriffen worden, in der Gegend von Sukkur Junction, vielleicht beim Versuch, sich nach Persien abzusetzen; William Buckhorn, genannt der Freibeuter, Soldat einer Strafkompanie, war bei einem Überfall auf ein Postgebäude in Birma, während eines Geldtransportes, getötet worden; Tom Fischer dürfte in China oder aber in Australien sein; die Leiche eines gewissen Fermín Huerta, eines Seemanns aus Gibraltar, hatte man in den Hafengewässern von Tuticorin aufgefunden; ein unter dem Namen Frederick W. Turnip Geführter lebte mit einer Pariafrau zusammen und betätigte sich als Hehler in einem Vorort von Allahabad. Unter dem Namen Dschalal od-Din war er ein allseits geschätzter Polizeispitzel; und so fort. Was die Landeskinder betraf, da hatten sich unzählige Phoolans oder Feisals ohne Vorwarnung aus dem Staub gemacht …

Peabody saß mit aufgeknöpfter Hose auf der Terrasse, die geschwollenen Füße in einer Schüssel mit kühlem Wasser, und ging die Liste zwanzig oder dreißig Mal aufmerksam durch. So gar nichts deutete auf Port Albert hin, auf den Geldschrank im Büro des Steuereinnehmers oder auf Chandrikâ. Er würde diese Spur im Moment nicht weiterverfolgen und sich lieber in der Nähe umsehen.

* * *

Völlig aus dem Häuschen vor Freude zündete sich der dicke Engländer eine zweite Zigarre an, übersah jene, die im Aschenbecher inmitten beißender Rauchschwaden verglühte, und lief weiter im Zimmer auf und ab: »Ganze zehn Tage! Und bei Ihrer Rückkehr ein kompletter Bericht mit Zeugenaussage! Beachtlich! Bonaventura, ich gratuliere Ihnen. Erzählen Sie!«

»Sie können das alles nachlesen, Inspector Sahib«, entgegnete der Angesprochene mit seiner tiefen Bassstimme.

»Ich höre es lieber aus Ihrem Mund.«

»Dieser arme Teufel war sehr beeindruckt von meinem Anblick. Wissen Sie, er war überzeugt, es mit einem als Priester verkleideten Polizisten zu tun zu haben. Ich habe mir erlaubt, ihn der Nachsicht des Gerichts zu versichern, wenn er uns helfen würde, und habe so mancherlei Spannendes zu hören bekommen.«

»Über Shantidas? Eine richtige Spur?«

»Warten Sie! Als Erstes hat der Kerl mir bestätigt, dass er am Vorabend, also am 21. Januar, so wie alle seine Kameraden frei gehabt und die Leiche erst bei seiner Rückkehr gegen Mittag entdeckt hatte. Er habe sich fürchterlich erschreckt und sei sofort geflohen, aus Angst, in den Mord an seinem Dienstherrn hineingezogen zu werden, habe aber unbedacht, im Reflex, den erstbesten Gegenstand, der ihm in die Finger gefallen sei, mitgehen lassen, eine silberne Salat- oder Obstschale. Das ist ein armer Schlucker, Inspector Sahib.«

»Kann ich mir denken.«

»Was noch wichtiger ist: Der Anwalt soll ihnen, als er ihnen freigegeben hat, erzählt haben, er würde am nächsten Morgen in aller Frühe Besuch erwarten.«

»Das passt ja wunderbar. Wissen Sie Genaueres darüber?«

»Leider nicht. Ich glaube, mehr wusste er auch nicht.«

Die Version des Domestiken klang plausibel; demnach hätte er sich eine Stunde vor Peabodys Eintreffen aus dem Staub gemacht. Shantidas wäre somit sehr früh am Morgen getötet worden, vielleicht von seinem Besucher, und Frazier wäre von demselben, der auch Peabody benachrichtigt hatte, informiert worden, dem Bäuerlein, das seine Belohnung diskret hätte aufstocken wollen.

»Geben Sie mir frei, Inspector Sahib? Ich würde gern einige Tage in der Mission verbringen.«

»Wenn es nach mir ginge, gäbe ich Sie gar nicht mehr her, Bonaventura. Sie würden diese Soutane ablegen, O'Reilly seinem Suff und seiner Hurerei überlassen und sich zur Prüfung in der Polizeischule anmelden.«

* * *

Es war fast Mittag. Die Kinder plärrten ihre Lektionen herunter und Schwester Marys ermattete Stimme verbesserte sie unentwegt, ohne das leiseste Anzeichen von Ungeduld. In der Nähe der Schultür seihte die Begum Leila in ihrem schwarzen Überwurf Wasser durch ein Stück Musselin und füllte es in tiefe Tonkrüge. Neben ihr fegte Timothy in seinen immergleichen Khakishorts die gestampfte Erde und kehrte den Staub von einem Winkel in den nächsten. Bonaventura lag gemütlich im Liegestuhl, las sein Brevier und nickte zwischendurch immer wieder kurz ein. Er war erst tags zuvor von seiner Expedition zurückgekehrt und gönnte sich einen Ruhetag. Die Seelen der Heiden würden noch ein wenig warten können. Sie warteten schon so viele Jahrhunderte lang!

Der Pater hatte geheimnisvolle Besucher, die keiner zu Gesicht bekommen hatte. Ihre Unterredung zog sich in die Länge, erst gedämpft, dann zunehmend hitziger. Schließlich brüllte O'Reilly los: »Jetzt reicht's mir aber! Gar nichts werdet ihr bekommen! Schluss damit! Lasst mich in Ruhe, ihr Flegel! Und hört auf, mir zu drohen, da sträubt sich mir der Kamm. Packt euch! Na, wird's bald!«

Der Ire kam mit seinen Besuchern aus der Strohhütte heraus. Der größere der beiden Männer, ein kräftiger Kerl mit Schnauzbart und Pomade im halblangen, abstehenden Haar, hielt plötzlich einen Knüppel in der Hand, den er unter seiner Kleidung verborgen hatte, und zog dem Missionar eins über den Schädel, dass der auf der Stelle zusammenbrach, wobei seine Würgerfäuste hilflos in der Luft pendelten. Der Gehilfe des Pomadisierten, der wie ein Nagetier aussah, ließ ein Streichholz aufflammen und strebte damit auf die Schule zu. Blitzschnell griff Timothy sich eine Bleistange, stürzte sich auf den Kerl mit dem Knüppel und warf ihn zu Boden. Und schon hatte die Begum Leila ihre zweihundertfünfzig Pfund auf seine Brust gewuchtet, ihm einen winzigen Damenrevolver an die Stirn gedrückt und instinktiv auf Hindustani gezischt:

»Eine Bewegung, und ich puste dir das Hirn aus!«

Unterdessen hatte Bonaventura den Brandstifter an der Gurgel gepackt und ihn stumm, mit grenzenloser Behutsamkeit, zwei Fuß über den Erdboden in die Höhe gelüpft. Der schmächtige Mann verdrehte die Augen und strampelte wie ein Hampelmann, dem ein böser Bube gleich die Glieder ausreißen würde.

Schwester Mary kam an der Spitze einer kreischenden Kinderschar aus der Schule und besah sich die Szene mit größter Gelassenheit. Der Pomadisierte und das Rattengesicht wurden straff gefesselt, und Father O'Reilly wurde wieder zum Leben erweckt, den es alsbald vernehmlich nach flüssigem Trost verlangte.

Die Begum eilte besorgt grunzend zur Nonne hin, die ihr beruhigend die Hand tätschelte.

Am selben Abend trugen die beiden Halunken im Kommissariat von Port Albert schon wieder den Hochmut gekränkter Ganoven zur Schau. Als hätte er die Gewissheit, eine Stunde später wieder auf freiem Fuß zu sein, schlug Jayarâm – das war der Kerl mit dem Knüppel, er hatte am Ende doch seine Identität preisgegeben, und es war exakt der Name des Schutzgelderpressers, der Name, den Vimala Peabody ins Ohr geflüstert hatte – einen überaus arroganten Ton an, während er mit dem Kamm durch seine fettigen Haarsträhnen fuhr.

Er äußerte sich auf Hindustani: »Versuchter Totschlag, versuchte Brandstiftung, Sie sind ja nicht eben zimperlich! Zum Ersten: Dieser wildgewordene Priester hätte mir fast die Augen ausgekratzt, während wir harmlos unter Freunden plauschten, und ich habe mich lediglich verteidigt. Was Fulbert, meinen Assistenten, betrifft, er hatte Lust zu rauchen, mehr nicht. Man wird in diesem

Land doch noch das Recht haben, ein Streichholz anzuzünden, ohne gleich im Gefängnis zu landen! Man fragt sich wirklich, welche Freiheiten einem unter eurem Regime eigentlich noch verbleiben.«

Würde das Gespräch jetzt in politische Fahrwasser abgleiten? Zur Hölle! Peabody enthielt sich jeder Antwort, doch der kalte Glanz, der in seine blauen Schweinsäuglein trat, hätte jeden anderen, der vorausschauender als dieser Schlägertyp war, stutzig gemacht.

Jayarâm schöpfte Atem und redete weiter: »Wir sind völlig willkürlich verhaftet worden. Jeder beliebige Richter wird uns das Habeas Corpus zubilligen. Ich werde unverzüglich Haftprüfung beim örtlichen Richter beantragen … «

»Das Gericht tagt derzeit gar nicht.«

»Nehmen Sie sich in Acht, Sie haben Ihre Befugnisse überschritten, und mein Arm reicht weit«, fuhr Jayarâm fort, während er sich den Schnurrbart bürstete, siegesgewisse Blicke in die Runde warf und den Bizeps spielen ließ. Er hatte nicht begriffen, wo er war; noch gehörte die Welt ihm. Sein Gehilfe wirkte niedergeschlagener.

Ein Lächeln entblößte Peabodys gelbe Schneidezähne, als er, immer noch auf Hindustani, fortfuhr: »Danke, mein Junge. Ich hätte nie gedacht, dass ich einmal in den Genuss einer Strafrechtslektion aus dem Mund eines Strolches kommen würde, dessen Strafregister der Latrinenliteratur eines Zuchthauses in nichts nachsteht. Ich bin entzückt, glaub mir. Denn dein Vorleben ist in der Gerichtskanzlei dokumentiert. Nicht übel, mein lieber Jayarâm.«

»Zunächst mal habe ich Anspruch auf eine Mahlzeit!«

»Du hast zunächst mal Anspruch auf meine Faust in die Fresse, wenn du in diesem Tonfall weitermachst, und danach auf ein gesundes Heilfasten. Haben die Meister des Hinduismus, die weisen Yogis, welche die Fesseln ihres stofflichen Leibes fast gänzlich abgestreift haben, dich nicht den Nutzen des Fastens gelehrt? Weißt du nicht, wie sehr es deinen Körper und deinen Geist von allem Ballast befreit und Fähigkeiten in dir freisetzen wird, die dir erlauben, den Schein vom wahren Sein zu unterscheiden? Dass dein Denken so klar werden wird wie sprudelndes Quellwasser im Himalaya-Schnee? Willst du ein Glas Wasser? Tss, tss, deine Erziehung lässt zu wünschen übrig! Dieses Land macht mir Sorgen! Es geht abwärts mit ihm! Es denkt nur noch an seinen Bauch! Und dann wirst du mir eines Tages erzählen, wo du deine juristischen Kenntnisse herhast. Leute, die einen solchen Wissensdurst haben, interessieren mich einfach. Hattest du Umgang mit Männern des Gesetzes?«

Der Pomadisierte wandte für den Bruchteil einer Sekunde den Blick ab. Getroffen. Mach weiter, Josaphat, lass ihn gar nicht erst zum Nachdenken kommen. »Ich rede mit dir, oh Jayarâm, Sieg des Rama, oh du, der du den göttlichen Namen einer Inkarnation Lord Krishnas besudelst! Ob du Umgang mit Männern des Gesetzes hattest, frage ich dich!«

Der Pomadisierte schluckte, während sein Komparse ein erbärmliches Ablenkungsmanöver versuchte, wobei er sich sachte auf den Bauch schlug: »Mich hungert, Inspector Sahib, haben Sie doch Mitleid mit einem armen Kerl. Ich weiß, Sie sind voller Erbarmen, Sie speisen die Hungernden, oh Inkarnation der Annapurna, oh göttliche Form Kali Mas, der alles Gewährenden, der Großen Mutter«, sülzte Fulbert und vergaß ganz, dass er ja den Glauben des Gekreuzigten angenommen hatte.

Mit einer Inkarnation Kalis verglichen zu werden, und sei es von dem Rattengesichtigen, war dem Polizisten keineswegs unangenehm. Doch die Schmeichelei war zu plump und er blaffte los: »Die Gegend hier ist kein Schlaraffenland, die Versorgungslage äußerst schwierig, die Dörfer ringsum haben kaum etwas zu beißen, da trägst du wenig zur Verbesserung der Lage bei, wenn du auch noch einen Lebensmittelladen anzündest. Wie wär's mit etwas Logik?«

»Worauf wollen Sie eigentlich hinaus?«, entgegnete Jayarâm sehr selbstsicher.

Er war es offensichtlich nicht gewohnt, dass Polizisten sich erlaubten, ihn zu schikanieren.

»Die Typen, die Vimala erpresst haben, die sprechen Hindustani.«

»Ich frage mich, von wem Sie sprechen.«

»Frag dich, solange du willst.«

Plötzlich griff Peabody so flink wie eine Kobra, die einen Bauerntölpel beißt, der im Dschungel Brennholz sammelt, nach Fulberts Hand, auf der ganz feine Schnittwunden nicht verheilen wollten: »Was ist denn das? Hast du dich verletzt? Ist schon eine Weile her? Und vernarbt bei der Luftfeuchtigkeit nicht so richtig?«

Das Gesicht des Mannes verschloss sich.

»Du bist in eine Glastür gefallen? Nur ärgerlich, dass es in der ganzen Provinz nicht eine Glastür gibt, dass selbst Glasfenster eine Seltenheit sind, nicht wahr? Also? Und du da hinten, was hast du mir zu sagen?«

Jayarâm biss sich auf die Lippen, als Peabody sich zu ihm umdrehte: »Könnte das nicht eher das Resultat eines Fausthiebes auf ein Paar Brillengläser sein? Auf die Brille des Angestellten Chandrikâ zum Beispiel? Vielleicht sagt euch ja dieser Name etwas? Ihr könntet ihn in Vimalas Spielertreff wiedererkannt haben, ihn unbemerkt in die Amtsstube des Steuereinnehmers gezerrt haben, er könnte sich geweigert haben, euch den Geldschrank aufzusperren oder ihn einfach nicht aufbekommen haben. Da war es dann aus mit eurer Kaltblütigkeit. Fulbert hat ihm ein paar Faustschläge auf die Nase verpasst und sich dabei selber verletzt. Und du, Jayarâm, du Schuft, du hast ihn mit Fulberts Messer erstochen, auf dem seine Initiale stand! Du hast wegen des Geldschranks vor Wut getobt und die Beherrschung verloren. So sehr liebst du das Geld, dass du es viel zu eilig hast, auf ehrlose Weise dranzukommen.«

»Das stimmt nicht! Der Ingiriss lügt, wie alle seinesgleichen!«

»Nur weiter so, mein Junge … Fahren wir fort: Weil du gehört hattest, was mit dem Anwalt passiert war, hast du ihm Kreuze auf den Brustkorb geritzt und ihm den Penis in gleicher Weise aufgeschnitten. Dann hast du deinem brillanten Assistenten gestattet, sich ein wenig zwischen den Pobacken der Leiche zu verlustieren? War es gut, Fulbert? Hat man dir das in der Mission, wo man dich getauft hat, beigebracht? Und Shantidas, warst du das auch? Habt ihr alle beide in sein Schienbein gebissen? Du wirst mir alles genau erzählen.«

»Nein!«, heulte Fulbert in panischem Entsetzen auf.

»Und dann hast du es mit der Angst zu tun gekriegt und dieses Messer in viel zu großer Nähe von hier weggeworfen. Die beiden Kerben auf dem Griff, sind die zur Erinnerung an zwei Typen, die du umgelegt hast? So schnell geht uns der Gesprächsstoff nicht aus, Jungs, was meint ihr? Wenn das Richter Frazier zu Ohren kommt, das wird ihm Laune machen, das garantier ich euch. Auf Wiedersehen, Habeas Corpus! He Leute! Fesselt mir die zwei, aber hübsch straff.«

Peabody klatschte in die Hände, als wäre er in der Garküche, und rief die Hilfspolizisten herein.

»Dazu haben Sie kein Recht. Das werden Sie noch zu verantworten haben«, bemerkte Jayarâm und fuhr sich mit der Hand durch sein glänzendes Haar.

Diesem Schuft war ein gewisser Schneid nicht abzusprechen, das musste Peabody anerkennen. Dennoch antwortete er knurrend: »Halt dein Scheißmaul, du Rechtsgelehrter, du stinkst aus dem Mund. Und ihr, her mit den Schlüsseln. Bis später dann! Wir werden bald Gelegenheit haben, uns weiter zu unterhalten.«

Die Ketten klirrten. Der Inspector streckte einen rundlichen Zeigefinger aus und wies nach unten, auf den gestampften Lehmboden. Einer der Uniformierten öffnete eine niedrige Tür und stieß die beiden Gefangenen ruppig in ein Kellerloch.

* * *

Es war sechzehn Uhr, die Stunde der Ratte. Ohne anzuklopfen kam der Etagenboy ins Zimmer geplatzt, leuchtenden Blicks, und hintendrein, im marineblauen Seidenkleid, auf der Brust eine Brillantbrosche, Mrs Batterbury-Woods, verlegen, in die Privatsphäre des alten Junggesellen einzudringen: »Ich … weiß nicht recht …«

»Du kannst gehen!«, fertigte Peabody den Jungen ab, klappte sein Buch zu (die Spannung an Bord beider Schiffe, so kurz vor dem Entern, war unerträglich) und sprang auf die Füße. »Nehmen Sie doch Platz, Verehrteste, ich bitte Sie«, fuhr er fort. »Was für ein Wetter!« Er betupfte sich die Stirn und rollte wild mit den Augen in Richtung des Jungen, der sich dumm stellte. »Man fühlt sich, als gösse einem jemand geschmolzenes Blei auf die Kopfhaut.«

»Na ja! Nicht mehr lange, dann dürften die ersten Monsunregen fallen«, bemerkte die junge Frau zuversichtlich.

»Da täuschen Sie sich mal nicht! Wir haben erst den 21. März. Sie müssen schon noch ein paar Monate zugeben! Und der Monsun ist eine grässliche Angelegenheit, noch viel schlimmer als die Trockenzeit. Man verschimmelt stehenden Fußes. In den Tiefen unserer Hosen- und Jackentaschen bildet sich ein Brei aus Schnupftüchern, Kekskrümeln und Tabak. Dieses Land ist gnadenlos, merken Sie sich das. Wie reich muss es gewesen sein, dass wir es melken gekommen sind, es stöhnte dabei wie eine Kuh mit übervollem Euter! Und du, Hund, wirst du dich endlich verdrücken!«

Widerstrebend trollte sich der Etagenboy, ohne die Tür zu schließen. Peabody setzte ein geistreiches Gesicht auf, während sich im Zimmer Schweigen ausbreitete. Schließlich fragte er halblaut: »Prachtvolle Diamanten. Ein Geschenk Ihres Gatten?«

»Ja …«

Wiederum Schweigen. Endlich fasste die Gattin des Steuereinnehmers sich ein Herz: »Reginald ist in einer verzweifelten Lage, einmal wegen der Denunziation durch seinen Angestellten, sodann wegen der Verdachtsmomente, die jetzt, nach dem Tod dieses Unseligen, so hat er mir anvertraut, auf ihm lasten. Er hat mir von Gesprächen, die er unlängst mit Ihnen geführt hat, erzählt. Sie retten die Ehre einer englischen Familie, Inspector, wenn Sie die infamen Behauptungen hinsichtlich der Rechtschaffenheit meines Gatten zum Verstummen bringen!« Sichtlich nervös verknotete Mrs Batterbury-Woods in einem fort ihre Finger ineinander. »Doch die Zukunft macht mir noch immer große Sorgen. Wie kann ich Ihnen nur danken?«

»Was den Mord an Chandrikâ betrifft, hatte ich meine Gründe, Ihren Mann hierbehalten zu wollen. Abgesehen davon denke ich schon, dass jene Behauptungen zutreffend sind, aber vor mir wird sich Ihr Mann nicht verantworten müssen, falls man ihn je zur Rechenschaft zieht. Ich bin bloß in Port Albert, um eine bescheidene Polizei-Einheit auf die Beine zu stellen, die den Kriminellen, soweit möglich, das Handwerk legt, und nicht, um den Mauscheleien eines Beamten auf die Schliche zu kommen. Das ist Sache der Finanzinspekteure, die jederzeit überraschend bei Ihrem Mann auftauchen können.«

Weil er nicht wusste, wohin damit, hatte Peabody die den Steuereinnehmer betreffenden Dokumente im Hoteltresor hinterlegt.

»Reginald hat zugegeben, vielleicht ein wenig unüberlegt gehandelt zu haben, doch er hat mir versichert, das Risiko sei gleich null gewesen.«

»Kein Risiko ist je gleich null. Als Wilhelm der Bastard am Strand von Hastings die Angelsachsen unter König Harold besiegte, wer hätte da tags zuvor gedacht, als seine Flotte von der normannischen Küste aufbrach, dass aus ihm einmal Wilhelm der Eroberer würde! Nun, ich bin wohl im Besitz einer beeidigten Zeugenaussage, doch ich denke, ich werde keinen Gebrauch davon machen.«

»Oh! Ich verstehe. Ich weiß ja, wie streng das kleinste Vergehen von der Verwaltung geahndet wird. Sie haben ein Herz aus Gold, Inspector, wie kann ich mich nur erkenntlich zeigen?«

»Nichts leichter als das, Verehrteste. Lassen Sie uns einen dichten Schleier über das Blendwerk unserer Vorurteile breiten«, erwiderte Peabody kühl und warf eilends seine Zigarre aus dem Fenster.

Er verriegelte die Tür, näherte sich Mrs Batterbury-Woods und öffnete mit seinen Wurstfingern den obersten Knopf ihrer Seidenrobe. Sie protestierte lebhaft, während er sie schwer atmend zum Sessel hin drängte. Er spürte, wie er auf der Stelle einen trockenen Mund bekam. Doch sie musste natürlich noch Theater machen: »Gütiger Gott! Was glauben Sie? Ich bin es nicht gewohnt, meinen Mann zu betrügen!«

Peabody hätte es albern gefunden, ihr da auch noch beizupflichten, und nahm sich stillschweigend den zweiten Knopf vor. Jetzt sah sie wie eine christliche Jungfrau aus, die man den Löwen zum Fraß vorwirft, und ihr Protest wurde deutlich schwächer. Er öffnete den dritten Knopf, voller Ungeduld, seine Vermutungen in Sachen *fausse maigre* bestätigt zu sehen. Unter dem Seidenkleid kam das ganze Durcheinander ihres Zaumzeugs aus Schnüren, Fischbein, Bändern und Schleifen zum Vorschein, das ihm einiges zu nesteln aufgab. Aber er gelangte schwitzend an sein Ziel, und seine alten Patschefinger kosten das in der brutalen Nachmittagshitze nicht minder verschwitzte weiße Fleisch. Die Gattin des Hilfssteuereinnehmers blickte noch immer höchst tadelnd drein. Dann, als er sie unter sich liegen sah, mit geschlossenen Augen rücklings auf dem engen Bett (mit letzter Energie hatte sie sich geweigert, sich auf den Sessel zu knien), musste Peabody an das Bildnis des jungen Mädchens mit den strengen Zügen denken, das er einst am Hof des Radschas gesehen hatte, auf dem kostbaren Intarsienschreibtisch von Batterbury-Woods, das Porträt der Verlobten aus England.

Wenn er darüber nachgedacht hätte, wäre er nicht stolz auf diese unerlaubte Lust gewesen, diesen gekauften Ehebruch, aber er war alt und frustriert, und das Leben war kurz.

* * *

»Schwester Mary ist ziemlich unzufrieden mit Ihrem Schützling, Inspector; diese Begum Leila glänzt durch häufige Abwesenheit«, erklärte Father O'Reilly, »heute auch schon wieder. Na, typisch Indien eben ... Wir werden die Lethargie der Landeskinder nie vollends erfassen ... Aber lassen wir wenigstens uns nicht gehen: Gut möglich, dass ich demnächst Anselmus oder Bonaventura auf eine Reise ins Landesinnere schicken muss. Wir sind mit einigen Taufen im Verzug.«

»Schenken Sie Ihren frisch Getauften einen *Lungi?* Da werden Sie aber einen Andrang haben!«, unterbrach ihn der Inspector. »Ganz hervorragend für Ihre Statistiken.«

»Sie machen wohl Witze! Dieses Lendentuch mag für die amerikanischen Methodisten-Geizkrägen ausreichend sein, diese Sauertöpfe, die dreißig Meilen nördlich von hier ihr Unwesen treiben, oder für die norwegischen Lutheraner, auch nicht viel lustiger, ein Ehepaar, man stelle sich vor!«

(Vieldeutiger Blick.)

»Nein, mein lieber Mister Peabody: Um ihnen zu helfen, sich schneller von der Überlegenheit des wahren Glaubens zu überzeugen, schenken wir den Frauen und Mädchen einen Sari, den Männern und Knaben einen Lungi und dazu ein Hemd. Außerdem gibt es für jede Familie einen Sack Reis.«

Der dicke Polizist nickte andächtig. Er war anglikanisch getauft, glaubte weder an Gott noch an den Teufel und erhoffte sich vom Jenseits, wenn überhaupt, eher das Vergessen denn das Heil. Bis es so weit wäre, kamen ihm die dreiunddreißig Millionen Hindugötter, dieses breit gefächerte Sammelsurium, das zwangsläufig jedem etwas zu bieten hatte, halbwegs zupass. Sehr viel besser jedenfalls als ein alleiniger Gott, der beim bloßen Gedanken an Konkurrenz vor Wut zu schäumen begann. Puuuh!

»Bravo! Sie übertrumpfen die Gegenseite! Und auf alle Fälle, das muss selbst einer wie ich anerkennen, erweisen Sie den Dörflern einen unschätzbaren Dienst!«

»Ich gebe ihnen Gelegenheit, ihre Seele zu retten, und dafür gibt es keinen Preis«, bestätigte O'Reilly salbungsvoll.

»Sie retten vor allem einen Großteil ihres Erdenlebens, indem Sie ihnen einen menschlichen Status verleihen. Sie wissen ebenso gut wie ich, dass sie als Christen von der Unberührbarkeit erlöst sind. Im Prinzip jedenfalls.«

»Wir reden nicht von derselben Sache.«

»Da könnte was dran sein.«

O'Reilly genehmigte sich einen kräftigen Schluck, blickte fragend zu Peabody, der dankend ablehnte, sich jedoch, als er den Pater das Glas mit einem Zug leer trinken sah, einen Kommentar nicht verkneifen konnte: »Sagen Sie mal, das muss Sie ja teuer zu stehen kommen, der ganze Alkohol.«

»Ich habe in Irland eine Cousine, die ist im Geschäft. Eine Destille in Familienbesitz, mitten im Grünen, in der Nähe von Galway. Sie schickt mir den Whiskey fässchenweise, das ist ökonomischer«, erklärte der Pater entspannt.

»Und für den Zoll, da haben Sie sich einen Trick ausgedacht, hab ich recht?«

»Was glauben Sie eigentlich? Sehe ich aus wie ein Betrüger?«

Und ob, dachte der Dicke insgeheim. Du siehst mir ganz aus wie ein abgefeimter Trunkenbold, immer durstig und zu allem bereit, um bloß nicht eines Tages auf dem Trockenen zu sitzen. Doch er entgegnete jovial: »Und wenn schon, was sollte mir das ausmachen? Es gibt in Port Albert ja keinen Zöllner, und außerdem arbeite ich nicht für den Zoll.«

»Glauben Sie mir, Inspector, es ist alles in bester Ordnung.«

»Sie borgen von einem Wucherer?«

»Das habe ich nicht nötig.«

»Dennoch«, fuhr Peabody versonnen fort, während er an seinem Zigarrenstummel saugte und sein Blick an einem durchscheinenden Gecko hängen blieb, der über einen Pfeiler huschte … »Mich geht das ja nichts an, Father, aber seien Sie auf der Hut. Es wäre nicht gut, wenn die Rechnungsprüfer der Mission über Sie herfallen würden …«

Der Ire hätte fast sein Glas umgestoßen: »Soll das eine Drohung sein? Bin ich nicht kooperativ genug? Passt Ihnen Bonaventura nicht?«

Peabody versuchte sich an einer Überschlagsrechnung: »Bei mindestens einem Pint täglich brauchen Sie, grob geschätzt, etwa eine Gallone pro Woche, macht rund fünfzig Gallonen im Jahr. Nimmt man allein den Erzeugerpreis der Destille, dazu die Frachtkosten und vor allem die Zollgebühren, denn ganz kommen Sie sicher nicht drum herum, dann resorbieren Sie alles in allem das Salär eines Gouverneurleutnants, Father! Es sei denn, Sie bezögen Ihren Sprit von den Schmugglern der Dhau …«

Der Missionar verschluckte sich an seinem Whiskey: »Sie sind ein echter Bulle, immer darauf aus, der armen Menschheit was anzuhängen!«

»Ich hänge niemandem etwas an, ich rechne nur laut …«

»Sie verdächtigen mich also, Missionsgelder zu veruntreuen? Das ist eine Unterstellung, die jeder Grundlage entbehrt.«

»Das dürfen Sie nicht so auffassen. Die Buchhaltung der Mission, die ist mir schnurzegal, aber Sie schienen ja richtig nervös eben, als ich sie nur erwähnt habe«, brummte der Inspector und kratzte sich am Bauchnabel.

»Was glauben Sie nur? Ich habe genug, um zu bezahlen!«

»Dann ist ja alles in Butter. Vergessen wir's. Ich habe nichts gesagt.«

O'Reilly heiterte sich wieder auf.

Peabody schlug seine Füße gegeneinander, um einen roten Krebs abzuschütteln, der ihm am Stiefel hochkroch: »Ich werde mal Schwester Mary meine Aufwartung machen und versuchen, diese vermaledeite Begum Leila aufzustöbern, vielleicht ist sie ja willens, ihren Dienst anzutreten.«

Der Missionar lachte dröhnend los.

»Nun, Schwester, heute mal kein Bengel auf dem Operationstisch?«, schäkerte Peabody, dessen Bewunderung für Schwester Mary vom Rosenkranz, diese keusche Venus, die Wunden mit Whiskey desinfizierte und Hühnerdiebe mit Katzendarm zusammenflickte, schlicht grenzenlos war. »Überhaupt, was ist eigentlich aus dem von neulich geworden?«

»Hat sich sang- und klanglos aus dem Staub gemacht, kaum dass er wieder stehen konnte«, antwortete sie seufzend.

»Sie haben doch nicht im Ernst Dankbarkeit von einem menschlichen Geschöpf erwartet! Aber Spaß beiseite, mir ist zu Ohren gekommen, dass Sie mir zürnen. Dass unsere Begum sich zu viele Freiheiten erlaubt. Dass sie ihren Dienst vernachlässigt …«

»Keineswegs, Inspector. Diese unglückliche Kreatur ist geradezu übereifrig«, erwiderte die Nonne und ihre Augen blitzten verschmitzt. »Allerdings bekomme ich sie nicht so oft zu Gesicht, wie ich mir wünschen würde …«

»Rühren Sie sich nicht von der Stelle! Ich weiß, wo ich sie finde! Ich bin gleich wieder da.«

Eine Stunde später befanden sich die Nonne und ihre Anstandsdame allein unter Kokospalmen, weit, sehr weit von allen Strohhütten entfernt. Nachdem sie etliche Eimer kalten Wassers über die Schwester gekippt hatte, die reglos dastand in ihrem groben Baumwollhemd, wurde die alte Muslimin, die bis unter die Augen verschleiert war, ein wenig kühner und setzte die Nonne auf einen Baumstumpf. Und während sie unablässig Wasser nachgoss, begann die Begum ganz zart, mit einer Bambushand, die sie unter ihren Schleiern hervorgeholt hatte, Schwester Mary den Rücken zu kratzen.

»Aber was tun Sie denn da, gute Begum Leila?«

Die Witwe stieß eine Art Lachen aus und fuhr fort. Schwester Mary verstummte verwirrt. Da kniete die Alte sich vor die junge Frau, nahm deren Füße in beide Hände, wusch sie, rieb sie mit

Sand ab, massierte sie ausgiebig und küsste sie schließlich durch ihren Schleier hindurch. Die Nonne warf ihr einen befremdeten Blick zu und befreite sich mit aller Entschiedenheit, als die molligen Hände Anstalten machten, bis zu ihren Knien, wenn nicht noch höher zu wandern, kleidete sich an und entfernte sich mit verschlossenem Gesicht. Die Alte aber blieb allein zurück und seufzte zum Steinerweichen. (Gut, dass es in der Nähe keine Steine gab …)

* * *

Der Inspector saß im Schatten auf der Hotelveranda und wartete, dass die Hitze nachließ. In der Nähe tollten ein paar gelbe Hunde herum.

Richter Fraziers Oberlippe litt wieder unter nervösen Zuckungen, und sein Teint wirkte schlaffer denn je: »Jetzt fällt es mir wieder ein, Ihr Franzose aus Mahé, dieser Typ mit den tiefen Ringen unter den Augen und der karierten Hose, mit dem hatte ich schon mal gerichtlich zu tun.«

Peabody leckte sich genießerisch die trockenen Lippen, blies behutsam auf die glühende Spitze seiner Zigarre und hätte fast einen fahren lassen: »Der Citoyen Albéric de Malfarcy, dieser Ausbund republikanischer Tugendhaftigkeit, auf Kriegsfuß mit der Justiz Ihrer Majestät? Das müssen Sie mir erzählen.«

Die gelben Hunde waren verstummt. Ein Hahn hatte zu krähen begonnen. Ein ausgemergeltes Kalb, das auf einer verwelkten Blütengirlande kaute, muhte unmittelbar unter ihrer Nase.

»Es war in Calicut, vor, sagen wir, drei oder vier Jahren. Unter lauter Giftmorden, Morden an Frauen, deren Familien die Aussteuer nicht bezahlt hatten oder Kindsmord an kleinen Mädchen, kurzum, das ganze einheimische Schreckenskabinett, hatte ich unter anderem auch über den Fall eines hohen französischen Beamten zu entscheiden, der von übereifrigen Polizisten zusammen mit einem Gymnasiasten in flagranti beim Verstoß gegen die guten Sitten ertappt worden war, na, Sie verstehen schon.«

»Das ist mir zu wenig! Oder zu viel! Exhibitionismus? Unsittliche Berührungen? Mehr als das?«

»Pah … er hat sich … vögeln lassen, Sie verstehen, in einem Zimmer im einzigen Hotel der Stadt, von irgend so einem Schwachkopf aus guter Familie, den er ich weiß nicht wo aufgegabelt hatte.«

»Einem Engländer?«, fragte Peabody, freudig erregt.

»Einem Inder aus vornehmer Kaste, einem Thakur, Sprössling einer Offiziersdynastie, der nicht genügend Umgang mit Mädels seines Alters hatte. Eine höchst unersprießliche Initiative von diesen Idioten in Uniform, ihn ungeachtet seiner diplomatischen Immunität einfach einzusperren. In Sachen Hirnlosigkeit ist auf die Polizei noch immer Verlass.« (Das musste Peabody wegstecken.) »Sie können sich denken, dass ich Malfarcy umgehend auf freien Fuß setzen ließ, um Scherereien mit diesen grässlichen Froggies vom Generalgouvernement in Pondichéry zu vermeiden. Ich war fuchsteufelswild! Und jetzt fällt es mir wieder ein, dass er sich damals Shantidas als Anwalt genommen hatte.«

»Eine reizende Idee, sich der Dienste dieses Kerls zu versichern!«, bemerkte Peabody, während er seine Zigarre ausdrückte und der Anwandlung, sich zwischen den Hosenbeinen zu kratzen, nur mit Mühe widerstand. »Und was schließen Sie daraus?«

Ein pelziger schwarzer Brummer, groß wie ein Paradiesvogel, dröhnte unentwegt um sie herum.

»Gar nichts. Allerdings hieß es damals, der Anwalt hätte ihn um eine erkleckliche Summe erleichtert und ihm gedroht, ihn andernfalls im Kerker verrotten zu lassen. Und der von Calicut ist in der Tat nicht eben komfortabel, vor allem nicht für einen Pariser Gecken.«

Der Inspector pustete umständlich seinen Rauch in Richtung Brummer und hustete. Der Ozean schimmerte in tiefdunklem

Blau. In der Ferne zeichneten sich die Segel der heimkehrenden Fischerboote ab: »Wusste Shantidas, dass Sie diesen Herren so oder so freigelassen hätten?«

»Das konnte er sich denken. Nur ein Trottel hätte einen hohen ausländischen Beamten weiter in Haft behalten«, schnarrte Frazier.

»Folglich hat er seinen Klienten, statt ihn zu verteidigen, übers Ohr gehauen.«

»So kann man das sehen. Der andere war aus Furcht vor dem Skandal wie gelähmt, er hätte jede Summe berappt, um das nicht öffentlich werden zu lassen. Immerhin stand seine Karriere auf dem Spiel.«

Peabody dachte laut nach: »Aber man bringt doch jemanden nicht um, nur weil er einen ausgenommen hat.«

»Nicht in diesen Kreisen, da haben Sie recht. Aber bei denen, die in den Schilfhütten am Rand der Großstädte hausen, da wird man schon mal für acht Anna kaltgemacht«, knurrte der Richter mit verdrossener Genugtuung. »Das habe ich oft genug erlebt.«

»Ich vermag mir kaum vorzustellen, wie ein so kleinmütiges, schmächtiges und infolge seines heimlichen Lebenswandels ohnehin furchtsames Geschöpf einen Anwalt Shantidas zur Strecke bringt, und dann, unter uns, auch noch auf solche Art. Grässlicher geht es ja nicht!«

Frazier lächelte ein grausames Lächeln, seine Lippe zuckte nervös, er zupfte an seiner Krawatte und verscheuchte mit dem Handrücken den Brummer: »An Ihrer Stelle, mein lieber Inspector ...«

»... würden Sie Malfarcys Tagesablauf zum Zeitpunkt des Mordes genau unter die Lupe nehmen. Aber er ist der Vertreter Frankreichs in Mahé, auch wenn sein Hoheitsbereich kaum größer ist als ein mittleres Dorf. Soll ich da etwa hingehen und die zehn einheimischen Gendarmen mit ihren roten Käppis, die seinem Befehl unterstehen, nach seinem Tun und Lassen befragen? Das Komischste an der ganzen Sache ist ja – das dürfte ich Ihnen eigentlich gar nicht anvertrauen, aber ich baue auf Ihre Schweigepflicht –, nun ja, das Komischste ist, dass ich da drüben ohnehin einen Spitzel sitzen habe.«

»Sie haben wohl überall Ihre Spitzel!«, rief Frazier, und es klang ein wenig gequält.

Peabody hätte fast geantwortet, dass er notfalls sogar einen unter dem Bett der Kaiserin hätte, aber er hielt seine Zunge im Zaum.

»Nun ja, Sie werden schon wissen, was Sie tun«, bemerkte der Richter leichthin und wechselte das Thema: »Im Übrigen muss ich für eine Weile als Wanderrichter durch die Lande ziehen, und Sie werden ein paar Wochen lang auf mich verzichten müssen. Machen Sie inzwischen keine Dummheiten, mein Lieber! Ja, und die Haftfrist für Ihre zwei Strolche, die verlängere ich Ihnen. Die Anklagepunkte sind mehr als ausreichend. Und falls Sie den Mörder von Shantidas zu fassen bekommen, dann ramponieren Sie ihn mir nicht gar zu sehr«, schloss er mit leicht gekünsteltem Lachen.

Am selben Abend hallte eine Stimme durchs offene Fenster weit in die brennende Nacht hinaus, die zutiefst verletzte, verbitterte, zürnende Stimme von Mrs Batterbury-Woods: »Ich habe Sie nie um das Geringste gebeten, Reginald. Ich wusste schließlich, dass Sie aus einer angesehenen Familie stammen, und habe mir über die Herkunft dieser Diamanten keine Gedanken gemacht …« Sie brach in Schluchzen aus: »Ich war doch meilenweit davon entfernt zu ahnen, woher dieses Geld kommt. Welch eine Schmach! Ich hoffe, Vater und Mutter werden das nie erfahren! Auf der Stelle träfe sie der Schlag! Glauben Sie vielleicht, dass die Liebe käuflich ist? Reginald, ich liebe Sie nicht, ich habe Sie niemals geliebt.«

Der Hilfssteuereinnehmer mit seinen geröteten Augen hinter den Brillengläsern sah einmal mehr wie ein verstörter Bub aus. Seine Gattin hatte die Diamantbrosche von ihrem Kleid genestelt und vor ihn hin auf einen Nippestisch gelegt.

Die Palmen rauschten im Meereswind. Die Stimme der jungen Frau war selbst hinten im Garten noch zu hören, wo zwei Domestiken im Lungi, die kein Sterbenswort Englisch verstanden, Betel kauend auf ihren Fersen hockten, mit leerem Blick auf eine verdorrte Blumenrabatte starrten und regelmäßig in hohem Bogen rötliche Spritzer auf den Kiesweg spuckten. Der Hilfssteuereinnehmer gab keine Antwort.

»Ich habe viel zu lange stillgeschwiegen. Glauben Sie vielleicht, ich hätte nichts geahnt? Schon seit längerem … der Inspector …«

»Was ist mit dem Inspector?«

»Nichts, Reginald«, hauchte die junge Frau mit matter Stimme, bevor sie fortfuhr: »Er hat ja wohl die Aussage dieses Angestellten hinsichtlich der von Ihnen gefälschten Papiere zu Protokoll genommen.«

»Das war doch nur, um Sie mit Schmuck zu überhäufen, liebes Herz!«

»Noch einmal: Habe ich Sie je um irgendetwas gebeten? Ich werde Sie verlassen, Reginald.«

Nach längerem Schweigen erklang die tonlose Stimme des Steuereinnehmers: »Denken Sie nur an den Skandal.«

»Das ist mir doch egal. Ich habe die Fälschungen ja nicht zu verantworten. Ich werde dem Personal Weisung geben, meine Koffer zu packen, und losfahren, sobald die *Dehra Dun* wieder hier anlegt. Wenn Ihnen einer neugierig kommt, dem brauchen Sie nur zu sagen, dass gesundheitliche Probleme mich nötigen, nach England zurückzukehren. Es wäre ja nicht das erste Mal, das so etwas vorkommt …«

* * *

»Nehmt ihm die Ketten ab und gönnt euch einen Spaziergang. Ist der andere noch immer gut gefesselt?«

Zum Zeichen der Zustimmung schüttelten die Hilfspolizisten

ihre Köpfe derart vehement, dass sie fast aus den Scharnieren gesprungen wären. Peabody reichte dem Häftling eine Zigarre und bot ihm Feuer an.

Fulbert, der wohl eher eine Tracht Prügel zu gewärtigen schien, rauchte schüchtern, mit witterndem Blick, wie ein Schüler, der sich zum Rauchen auf der Toilette einsperrt.

»Mein kleiner Fulbert, ich hoffe, Sie sind sich des Ernstes der Lage bewusst.«

»Wovon reden Sie, Inspector Sahib? Von neulich, auf der Missionsstation? Ja, wenn man noch nicht mal mehr einen Scherz machen darf ...«

»Offenbar habe ich nicht den richtigen Humor. Ein schlecht gelaunter Richter oder einer, den sein Hühnerauge drückt, hätte sicher eine Hand voll Motive, dich an den Strang zu bringen.«

»Wie rigoros Sie sind!«, bemerkte der Mann mit dem Nagetiergesicht. Er hasste dieses Wort, das in seiner Halswirbelsäule stets einen stechenden Schmerz auslöste.

»An den Galgen, wenn du das lieber hörst.« (Wirklich penetrant, dieser Inspector.) »Brandstiftung, Folter, Mord, Vergewaltigung, mit einem wie dir wird der Henker so schnell nicht arbeitslos.«

»Erstunken und erlogen! Ein abgekartetes Spiel. Ich kenne meine Rechte.«

»Jetzt mach mir hier bloß nicht den Jayarâm! Du bist erledigt. Denk an das Baby, die Sache mit Chandrikâ, und dann noch die Vergewaltigung von Devi. Allerdings ...« – Peabody starrte angestrengt zur Decke, mit offenem Mund, wie ein Dorftrottel – »... gäbe es da noch eine Möglichkeit. Wenn du auspackst, hast du eine Chance, deine Haut zu retten. Zumal klar ist, dass Jayarâm der Anstifter war und du weiter nichts als das ausführende Organ. Das ist ein Umstand, den dein Verteidiger geltend machen wird.«

»Was wollen Sie denn wissen, Inspector Sahib?«

»Für wen arbeitet ihr zwei, Jayarâm und du?«

»Ich verstehe nicht, worauf Sie hinauswollen.«

»Ganz wie du willst. Damit du in aller Ruhe nachdenken kannst, bekommst du ab heute Einzelhaft. He Männer, ab mit ihm ins zweite Untergeschoss! Vergesst mir nicht die Ketten, aber überfrachtet ihn nicht.«

* * *

Die weißen Soutanen flatterten im Morgenwind, die dunklen Hände deuteten in die Ferne.

Bonaventura beugte sich zu Anselmus vor: »Wieder so ein Spleen des Alten. Ich frage mich, wieso er unbedingt mit diesen Fischern aufs Meer hinausfahren will. Was soll das bringen, auf diesen stinkenden Pirogen seine Haut zu riskieren, mit diesen Analphabeten? Ich werde nie auch nur das Geringste von den Schrullen dieser Ingiriss verstehen. Das Schlimmste ist, dass er mich unbedingt dabeihaben will.«

Zwei Speckpranken krachten auf die Schultern der Seminaristen nieder: »Wenn ich euch für zwei Dussel hielte, für zwei Schwachköpfe, würde ich sagen: ›Ihr kapiert's eh nie‹, aber da ihr zwei sympathische Burschen seid, will ich's euch verraten. Also: Ich werde nicht einen dieser Mordfälle lösen, solange ich dieses Land nicht begreife, diese verfluchte Malabarküste; und ich werde diesen gottverdammten Mörder niemals finden, wenn ich nur in Papierkörben wühle und in fremder Leute Unterwäsche schnüffle …« (Die beiden Seminaristen mussten unwillkürlich kichern.) »Ich finde ihn nur, wenn ich das Land in- und auswendig kenne, und dazu muss ich es auch mal vom Meer her sehen, wie ich es sonst vom Festland oder von den Kanälen aus sehe und wie ich es vom Himmel aus sehen könnte, wenn ich eines dieser verflixten Luftschiffe hätte, die Graf Zeppelin in Deutschland baut. Danach würde ich mich auf eine Anhöhe begeben, wie Jesus auf den Berg …«

»Keine Gotteslästerung!«, rief Anselmus.

»Es war ja nur wegen der Anschaulichkeit, ihr jungen Leute. Auf den Berg also, mit ausgestreckten Armen, und hieße sie alle herkommen zu mir, die ganzen reuigen Sünder, und der Schuldige käme und lüde seine Last bei mir ab ...«

»Sie hätten Priester werden sollen, Inspector Sahib!«

»Und Sie Polizist, Bonaventura, ganz im Ernst. Sie zeigen beachtliches Talent. Sie dagegen, Anselmus, Sie werden noch als Bischof enden. Sie sind gleisnerisch genug, um Karriere zu machen, mein Sohn.«

Der Angesprochene schluckte heftig und rieb seine zarten, feuchten Hände. Selbst diesem dicken Ingiriss schien es Spaß zu machen, ihn zu schikanieren.

Die Dörfler schoben in Sechsergruppen die schweren Pirogen ins Wasser. Dann gab einer von ihnen, ein Kerl von kräftiger Statur, Peabody nicht eben liebenswürdig ein Zeichen, zu ihm ins Boot zu kommen. Sich mit so einer Landratte zu beladen, zum Kotzen! Und zu allem Überfluss noch ein Ingiriss! Letzterer, mit Hemd, weißen Shorts und tadellosen Kniestrümpfen angetan, um den Kopf ein Taschentuch geknotet, fügte sich, spürte aber schon bald das kühle, schmutzige Nass, das am Boden der Piroge plätscherte, an seinem Allerwertesten, verzog unwillkürlich das Gesicht und gab einmal mehr den Blick auf seine gelben Pferdezähne frei. Das Boot machte einen Schuss nach vorn, ins Tiefe. Bonaventura, jetzt mit einem Tuch um die Lenden, sprang ins Nachbarboot, während Anselmus am Strand zurückblieb. Es wurden die Segel gesetzt, vielfach zusammengeflickt und schmuddelig. Reste von Brettern, die man an Holzstecken genagelt hatte, dienten als Paddel. Andere Pirogen, von denen lautes Schreien herüberdrang, folgten ihnen nach. Peabody räusperte sich, dann rief er dem Riesen zu: »Bonaventura, fragen Sie ihn, warum seine Kameraden so brüllen.«

»Sie fühlen sich geschmeichelt, einen Repräsentanten der Krone bei sich zu haben, Inspector Sahib. Ihre Gegenwart ist ein Omen, das ihnen einen guten Fang verheißt, und sie danken schon jetzt den Göttern und der Regierung dafür«, antwortete der Seminarist, dessen kräftiger Oberkörper in der Sonne leuchtete, während er im Takt das Paddel schwang.

»Der Teufel soll Sie holen! Sie haben denen ja noch nicht einmal meine Frage übersetzt.«

»Weil ich die Antwort schon im Voraus kannte. ›Sei nicht schnell mit deinem Munde und lass dein Herz nicht eilen, etwas zu reden vor Gott‹, heißt es beim Prediger Salomo.«

Peabody runzelte die Stirn. Die Pirogen tauchten tief in die Wogen ein, das Salzwasser bespritzte ihn, die Sonne versengte ihn erbarmungslos. Auch rumpelte es höchst unheilvoll in seinem Verdauungstrakt, doch das war zum Glück nur blinder Alarm. Angelruten trieben in den Wasserstrudeln, an den Haken hingen Fetzen von Tintenfisch. Man konnte die Gebäude und den Hafenkai von Port Albert sehen, das Dorf, und ein gutes Stück weiter hinten die Dächer der Mission, wo Punkt halb elf die Glocke schlug. Ende der großen Pause: Schwester Mary trieb die Kinderschar in die Schule zurück. Ein Cupido spannte seinen Bogen über dem Kopf des Dicken …

Die Stunden verrannen, Fische verschiedenster Größe bissen an. Peabody, purpurrot und durchgeschmort, langweilte sich und sandte Blicke des Bedauerns zur Küste hinüber.

Jäh ein gellender Schrei. Im Boot nebenan versuchten zwei Fischer, einen stattlichen Hai aus dem Wasser zu ziehen, der sich aus Leibeskräften wehrte.

»So geht doch näher heran, zum Donnerwetter! Sagen Sie ihm, dass er näher heranfahren soll, was ist denn da los?«

Bonaventura richtete ein paar Worte an den Fischer, der holte das Segel ein und griff zum Paddel. Die Männer lieferten sich einen regelrechten Kampf mit dem Hai, der eine hatte ihm ein Seil um den Schwanz gelegt, der andere war dabei, ihm mit der Machete den Schädel zu zerschmettern und bespritzte Peabody, der ihn wortgewaltig zu verfluchen begann, von oben bis unten mit Blut.

»Sie sollten schon wissen, was Sie wollen, Inspector Sahib«, gluckste Bonaventura mit wehendem Bart. »Ich jedenfalls habe Sie nicht gezwungen, sich in diese Nussschale zu zwängen.«

Anselmus war längst nach Saint Anthony's zurückgekehrt, alleine mit sich und seinem Selbstmitleid. Bei der Ankunft der Fischer kabbelten sich die Frauen, die schon am Strand warteten, um den Fang, den sie zu verhökern suchten, noch ehe die Männer die Pirogen ganz an Land gezogen hatten. Ohnehin hatte die Ausbeute keinerlei monetären Wert, denn die Brahmanen, strenge Vegetarier, fielen als Käufer aus, und die Armen drehten einander wechselseitig zu lachhaften Preisen ihren Fang an. Aber wenigstens musste niemand Hungers sterben.

Ein wenig abseits hockte der Inspector, verschmiert vom Haifischblut, zusammen mit Bonaventura im Schatten einer Hütte im Sand, neben sich einen alten, hutzligen Fischer mit tränenden Augen, vorstehenden Zähnen und schrumpligem Bauch, der nicht sonderlich begeistert war, von einem dicken Ingiriss ausgefragt zu werden. Bei diesen Leuten, geboren aus dem Darmwind eines Dämons, wusste man schließlich nie!

Um sein Zutrauen zu gewinnen, wandte sich Peabody in langsamen Worten an den Riesen, welcher bedächtig in seinem tiefen Bass übersetzte: »Du weißt ja selber, wie schwatzhaft die Leute sind … Man hat mir da etwas zugetragen. Du sollst einem deiner Gevattern erzählt haben, du hättest am Tag des Heiligen Vinzenz etwas Seltsames beobachtet.«

»Ich hab niemandem was erzählt«, brummte der Alte mürrisch. »Und sehen tu ich auch nicht mehr gut.«

Peabody schwankte einen Moment zwischen Einschüchterung – aber hätte das Sinn bei diesem Wrack, das nackt auf seiner Flechtmatte lebte und nichts mehr zu verlieren hatte? – und den Lockungen des Edelmetalls. Betont lässig holte er eine Silberrupie aus der Tasche und legte sie auf ein Bananenblatt. Der tranige Blick des

Alten hellte sich auf. Der Inspector fuhr fort: »Aber du hast schon erzählt, du hättest am Tag des Heiligen Vinzenz ein winziges Boot von seltsamer Form auf dem Meer vorbeikommen sehen, gerade als die Missionsglocke zu läuten begann, früh um halb acht? Und es kehrte in Küstennähe nach Port Albert zurück?«

»Ich bin taub.«

»Aber debil bist du noch lange nicht! Schluss jetzt! Du regst mich allmählich auf! Bonaventura, wollen Sie ihn nicht ein bisschen durchschütteln?«

»Unmöglich, Inspector Sahib, Sie vergessen schon wieder mein künftiges Priesteramt. ›So ermahne ich euch, dass ihr würdig der Berufung wandelt, die an euch ergangen ist‹, schreibt der Apostel Paulus in seinem Brief an die Epheser.«

»Ist das jetzt der richtige Augenblick, um zu predigen? Ein bisschen mehr Ernst, zum Teufel! Und du, antworte mir klipp und klar: Hast du dieses Boot nun gesehen oder nicht? Hast du die Glocke läuten gehört? Und was ist dir lieber: Eine funkelnagelneue Rupie zu verdienen oder die Rippen gekitzelt zu kriegen? Du weißt, meine Polizisten haben grobe Pfoten … Also, nun sag schon: Ja oder Nein?«

Der Greis wiegte sein wackliges Haupt hin und her. Das war ein Ja.

»Und wer saß am Ruder?«

»Das weiß ich nicht, die Entfernung war zu groß. Wie ich Ihnen schon sagte, ich sehe nicht mehr so gut«, entschuldigte sich der Alte.

Lächelnd entblößte der Engländer seine gelben Zähne: »Na also! Das war doch ganz leicht! Bonaventura, wenn Sie mir bitte einen Hilfspolizisten, Feder und Papier holen würden. Wir werden diese Zeugenaussage sofort schriftlich festhalten. Und du, rühr dich nicht vom Fleck.«

»Aber ich kann doch gar nicht schreiben«, protestierte der Fischer.

»Macht nichts. Du tauchst deinen Daumen einfach in die Tinte und unterzeichnest damit.«

Die knochige Hand des Alten schloss sich um die Silberrupie, die er in dem Baumwolllumpen verschwinden ließ, der ihm als Lendentuch diente.

Eine Stunde später brach die Nacht herein. Die Spuren nackter Füße, die kreuz und quer im Sand verliefen, füllten sich mit den winzigen Wellen der steigenden Flut und waren bald ganz vom Wasser verschluckt. Die Frau eines Fischers, ein zartes Geschöpf mit spindeldürren Gliedern, hielt Bonaventura, vor dem sie sich schüchtern verneigte, seine Soutane hin. Er schlüpfte prompt hinein und ließ gut gelaunt seine Muskeln spielen. Peabody hatte sich einen tüchtigen Sonnenbrand zugezogen, mit puterrotem Kopf, fluchend und schwitzend, lief er am Strand hin und her, sich des abstoßenden Aussehens, das ihm seine blutverkrustete Kleidung verlieh, kaum bewusst, aber umso zufriedener mit seinem Ausflug: Er hatte erfahren, was er wissen wollte.

Der Kopf des Seminaristen tauchte im Ausschnitt der Soutane auf, das Auge dunkler, das Gebiss weißer denn je. Er zauste sich den pechschwarzen Bart und lachte laut los: »Diese Frauen hier sind ein bisschen mager, finden Sie nicht auch, Inspector Sahib, für Kerle wie unsereins? Abgesehen davon sind sie zum Fürchten behaart! Ihr in London sollt ja diese prachtvollen *Chorus Girls* haben, waschechte Blondinen, prall und drall, mit Schenkeln wie Schinken!«

Statt jeder Antwort brummte Peabody bloß vor sich hin, denn er hatte eben erst gemerkt, dass seine Kleidung vom Haifischblut für alle Zeiten ruiniert war. Es kam ihm vor, als sei es Jahrhunderte her, dass er zuletzt von oberen Theaterrängen nach den Rundungen der Mädels geschielt hatte, die zu den Rhythmen einer Musikrevue, die bloßer Vorwand war, aufreizend ihre Glieder und anderes schwangen. Und im Geist notierte er die anthropophagen Fantasien des Riesen … am Ende gar des Menschenfressers?

Die Sonne versank hinterm Horizont, der sich rasend schnell verdunkelte. Bonaventura deutete auf die Spuren im Sand, die von der Flut hinweggespült wurden: »So ist es bestellt um alles Menschenwerk: ›*Vanitas vanitatum* …‹«

* * *

Den Blick gedankenvoll auf Timothy geheftet, der vor den Auberginen kauerte und Unkraut jätete, bemerkte der Inspector wie von ungefähr: »Ach, Schwester Mary, noch mal zur Sache, bevor ich's vergesse: Sind Sie mit den Diensten unserer vermummten Witwe eigentlich zufrieden?«

»Wie ich Ihnen schon sagte, das arme Geschöpf ist ungemein bemüht. Beinahe liebevoll. Wenn ihre Pünktlichkeit nicht so zu wünschen übrig ließe, wäre sie in der Tat die Perle, die Sie mir in Aussicht gestellt haben.«

»Was wollen Sie machen, das ist Asien«, murrte Peabody verdrossen. »Hier ist die Zeit kein solcher Tyrann wie in Europa!«

»Das ist mir nicht neu. Nun ja, sie tut mir von Herzen leid, unsere Begum Leila. Sie ist gar nicht gut beieinander! Die Geistesverwirrtheit, die der Pater angesprochen hatte, lässt sich nicht leugnen. Sie drückt sich in keiner bekannten Sprache verständlich aus! Und welch unförmige Figur! Die Gastroptose ist unübersehbar. Ob sie an Wassersucht oder Elefantiasis leidet?«, fragte Schwester Mary, ehrlich besorgt.

Peabodys Nase wurde lang und länger, während die Nonne weiterredete: »Sie hat es immer abgelehnt, sich von mir untersuchen zu lassen. Sie wissen ja, ich habe ein paar medizinische und chirurgische Kenntnisse. Vermutlich ein übertriebenes Schamgefühl, das arme Geschöpf. Unter dem Schleier der Gläubigen verbirgt sich ja oft großes Elend …«

Während Timothy sich im Garten nur widerstrebend entfernte, als hätte man ihm höchstpersönlich Schwester Mary anvertraut, blitzte der Jadeblick, so schien es Peabody, ironisch auf, und er entgegnete: »Pah! Dieser Schleier, das ist doch bloß Aberglaube! Rückständigkeit, weiter nichts!«

»Aber ihr Glaube scheint aufrichtig zu sein, das liebe arme Ding.«

Peabody wollte schier ersticken.

# Fünftes Kapitel

*Die* Intrépide, *die seit einer Stunde unter der geballten Feuerkraft der Fregatte lag, zeigte erste Anzeichen von Erschöpfung. Fock- und Gaffelsegel klatschten zerrissen im Wind, und das Schiff trieb ziellos durch die Wellen. Den Großmast, zerstört vom Beschuss durch Kettenkugeln, hatten die Franzosen wutentbrannt mit der Axt zerkleinert und ins Meer gestürzt. Die achtzehn Geschütze feuerten nur hin und wieder noch, wie aus Versehen. Man hätte meinen können, das Ende sei nahe, aber der Schiffsrumpf war gänzlich unversehrt. Eine aufflackernde Feuersbrunst wurde von den Matrosen, die eine Kette zum Löschen gebildet hatten, mit Wassereimern auf der Stelle erstickt. Spieren und Taue, die auf das Deck gefallen waren, wurden über Bord geworfen, ebenso alle Leichen, um Platz zu schaffen, denn der Nahkampf schien unausweichlich.*

*Der Mann aus Yport ermahnte seine Jungs: »Dieser Rosbif ist vielleicht schneller als wir, aber kein Grund zum Fürchten vor einem alten, gichtzerfressenen Commodore. Nur Mut, Kinder! Denkt immer daran: Ihr seid Franzosen! Korsaren der Freiheit! Und die da drüben Knechte des Absolutismus! Keiner soll sagen können, Louis Capet sei vergebens einen Kopf kürzer gemacht worden! Kapert euch diese Fregatte, und ihr seid vielleicht für den Rest eurer Tage alle Sorgen los. Bedenkt, dass im anderen Fall, wer überlebt, auf den Gefangenenschiffen von Portsmouth verrotten und jeden, der in der Hölle schmort, noch um sein Los beneiden wird! Smutje! Doppelte Ration Rum für die ganze Mannschaft! Und lasst euch ja nicht einfallen, vor dem Feind zu kneifen: Den Ersten, der den Goddams den Rücken kehrt, lass ich persönlich über die Klinge springen!«*

*Die englische Fregatte dagegen war nur geringfügig beschädigt. Ihre Geschütze wurden regelmäßig mit Kübeln voll Wasser gekühlt und feu-*

*erten alle vier Minuten, so stetig wie im Manöver, und zahlreiche Kugeln trafen ihr Ziel. Der Wind drehte auf Nordwest. Die* Worcester *ging jetzt voll auf Enterkurs und halste hart am Wind an die Brigantine heran. Auf Deck und in den Wanten waren alle tauglichen Matrosen in Stellung. Man hatte Säbel, Pistolen und Äxte an sie ausgeteilt, und jetzt warteten sie auf den Zusammenstoß. Von weitem foppten die Franzosen sie schon, drohten damit, ihnen die Zöpfe abzuschneiden und Schlimmeres.*

Der Deckel klappte zu und Peabody seufzte betrübt, denn er hätte seine Lektüre gern fortgesetzt. Wann, zum Teufel, enterten sie endlich? Höchste Zeit, aus diesen verfluchten Roquefortfressern Hackfleisch zu machen! Aber er hatte zu tun. Wohl oder übel würde dieser Galgenstrick auspacken müssen. Der Inspector raffte sich mühsam aus seinem Sessel hoch.

Er rülpste ihm voll ins Gesicht, als der Pomadisierte aus seinem Verlies auftauchte. Stürzte sich auf ihn, als ihm die Hilfspolizisten die Ketten abnahmen, und riss ihm ein Büschel Barthaare aus. Der andere spießte ihn mit dem Blick auf und empörte sich auf Hindustani: »Dazu haben Sie kein Recht! Das ist ein Fall von Folter! Meine Kaste …«

»Auf deine Kaste sch… ich«, antwortete der Inspector in derselben Sprache. »Kein Leichenwäscher würde dich haben wollen, um auch nur seine verstopften Latrinen zu putzen. Wenn die Mitglieder der vornehmen Kasten bei dir zu Hause wüssten, dass du dich hier im Süden für einen der ihren ausgibst, würden sie dich mit Knüppeln zu Tode prügeln, wie einen Hund, der du auch bist, und deinen Kadaver auf den Müll schmeißen. Du widerst mich an, Jayarâm. Ich sehe dich schon am Strick. Außer wenn …«

»Außer wenn was? Zum Ersten, das alles ist nur wegen diesem Trottel von Ful…«

»Du kannst gerne gegen ihn aussagen, und Fulbert gegen dich.

Aber ich habe genügend Beweismaterial gegen euch beide in der Hand.«

»Der Hund von Ingiriss lügt!«

Peabody schlug Jayarâm voll ins Gesicht. Er hatte einen Schlüssel in der Hand, und es spritzte etwas Blut. Der Pomadisierte war kurz davor, den dicken Polizisten anzuspringen: »Er lügt!«

»Kanaille! Du wirst mir jetzt sagen, für wen du gearbeitet hast.«

»Nur für mich selbst.«

»Du bist nicht intelligent genug, um auf eigene Rechnung zu arbeiten. Überleg doch mal! Dein Laden hat keine zwei Monate durchgehalten … Das ist dein schwacher Punkt, Jayarâm, du hältst dich für den geborenen Boss, dabei bist du nur gut im Befehleausführen.«

Seine Augen sprühten Blitze, doch der Ganove hielt an sich, presste die Kiefer zusammen, und der Inspector fuhr fort: »Denn ich habe da so meine Vorstellungen … Aber das werde ich dir später erzählen. Wir haben noch das ganze Leben vor uns. – Heho, ihr da!«, rief Peabody verschwitzt und violett verfärbt, »sperrt ihn mir wieder weg. Und holt mir den anderen aus seinem Loch!«

Ein Polizist schubste Fulbert unsanft vor sich her, und der Inspector brüllte: »Polier ihm die Visage! Mach Brei aus seiner Rattenfresse!«

Der Bulle zückte mit glänzendem Blick seinen Schlagstock, und der Brandstifter warf sich in voller Länge zu Boden. Peabody hob die Hand, um den Prügel zu stoppen, und näherte sich ihm: »Oder aber du spuckst aus, was du weißt. Du hast mehr als genug Mist verzapft, mir reicht's! Also, für wen arbeitet Jayarâm?«

»Was?«

»Mach den Mund auf, oder ich lass dich von einem Elefanten sodomisieren. Falls du ihn überhaupt anmachst und er auf dich steht.«

»Der Anwalt«, murmelte Fulbert kaum vernehmlich. »Jayarâm hat Vimala im Auftrag von Shantidas das Geld abgepresst, eine ganze Weile ging das schon so. Und nach seinem Tod hat er auf eigene Faust weitergemacht. Es ist seine Idee gewesen, die Missionare zur Kasse zu bitten …«

»Danke. Eine saubere Leistung, mein Junge! Du bist auf dem Weg des Heils. Das nehmen wir jetzt mal zu Protokoll.«

Nach einer Stunde war Fulbert wieder in seinem Souterrain, und zwei Hilfspolizisten führten zum zweiten Mal den athletischen Jayarâm vor, der nicht mehr ganz so selbstsicher vor Peabody trat.

»Ich weiß, dass es Fulbert war, der Shantidas umgelegt hat, aber ich täte nichts lieber, als es dir anzuhängen.«

»Das kann gar nicht sein!«, antwortete der Gauner und zupfte nervös an seinem Schnurrbart.

»Nichts kann nicht sein! Fulbert hat gerade alles gestanden.«

»Es stimmt aber nicht!«

»Und du wirst mir jetzt sagen, warum. War dir dein Anteil am Kuchen nicht groß genug? Hat er dir Kummer gemacht, dieser Dreckskerl von einem Anwalt? Du weißt ja, es gibt manchmal Situationen, in denen ein braver Kerl praktisch gezwungen ist, sich einen Lumpen vom Hals zu schaffen, wenn du verstehst, was ich meine? Das Gericht wird das berücksichtigen. Auf alle Fälle riskierst du als Anstifter genauso viel wie dein Kumpel, das Rattengesicht.« (Peabody ließ einen fahren.) »Ganz hübsch hässlich das alles.«

Jetzt war Jayarâm ziemlich blass um die Nase: »Devis Baby, zugegeben. Chandrikâ, zugegeben. Wird uns ohnehin teuer genug zu stehen kommen. Aber Anwalt Shantidas, nie im Leben! Er war doch mein Wohltäter!«

Der Inspector hatte natürlich nicht vergessen, dass Jayarâm einer der Strolche war, die der Anwalt aus dem Gefängnis geholt hatte. Aber es erfüllte ihn mit Genugtuung, es aus seinem eigenen Mund zu hören; diese Anwandlung von Dankbarkeit machte ihn fast schon sympathisch, wenn auch nur für einen kurzen Augenblick.

Denn der Pomadisierte gewann rasch den größten Teil seiner alten Überheblichkeit zurück und forderte eine Verbesserung seiner Lebensbedingungen: »Deiner Lebensbedingungen? Ich werde sehen«, erwiderte der Dicke und blies vernehmlich die Luft durch die Backen. »An deiner Stelle würde ich aufhören, mich andauernd zu beklagen. Genügt es dir nicht, am Leben zu sein? Hast du vergessen, dass das ein vorübergehender Zustand ist? Du solltest nachdenken, mein Junge, die Zeit der Stille hier nutzen. Söhne dich mit deinem Gewissen aus, falls du eines hast. Wir haben einander noch viel zu erzählen.«

* * *

Achtundvierzig Stunden später, die Nacht war klar und mondlos, verwechselte der Kapitän der *Dehra Dun* die Baken an der Hafeneinfahrt und setzte den Dampfer auf den Strand. Kein Toter, keine Verletzten. Die Ladung konnte gerettet werden. Das Schiff blieb im Sand liegen und wartete darauf, wieder flottgemacht zu werden. Dazu musste der Reeder erst einen Schwimmkran schicken, und das ging nicht so ganz im Handumdrehen. Die Mannschaft, die vor Scham fast im Boden versank – der Kapitän würde einem Seegericht Rede und Antwort stehen müssen –, brach, ohne groß in Port Albert zu verweilen, gleich am nächsten Morgen nach Cochin auf, und zwar an Bord einer ganzen Flotte schwer beladener Pirogen, zu Wucherpreisen von Bauern gechartert, die glücklich waren, ein paar Rupien dazuzuverdienen. Gemächlich glitt der Konvoi durch die Kanäle im Hinterland, an den Ufern von Dutzenden kleiner Jungs mit schimmernden Zähnen eskortiert, die freche Spottverse sangen und den Matrosen ihr bloßes Hinterteil präsentierten. Oder auch das Vorderteil.

* * *

Peabody erinnerte sich, dass der Pass, den Albéric de Malfarcy ihm vorgezeigt hatte, einen Einreisestempel nach Bombay trug, der auf

Anfang Januar datiert war, und einen Ausreisestempel aus Marseille von Mitte Dezember des Vorjahres. Der Franzose schied fast von vornherein aus, aber man wusste ja nie, im schlimmsten Fall hätte er den Mord am Anwalt in Auftrag geben können, während er sich selbst noch auf See befand. Um diese Spur ein für alle Mal abhaken zu können, machte Peabody sich zu einer kurzen Reise nach Mahé auf. Ohne Ausweispapiere schlug er sich im tiefsten Dickicht über die Grenze zur französischen Kolonie, mit einem Lungi um die Hüften und einem verschlissenen Turban auf dem Kopf, dessen Zipfel ihm ständig ins Gesicht hing. Um die Tarnung zu vervollständigen, baumelte ihm von der Schulter ein Schuhputzerkasten. Zunächst strich er, um die Atmosphäre auf sich wirken zu lassen, unter den Fenstern der Residenz herum, eines prachtvollen weißen Anwesens mit korinthischen Säulen in einem Meer von Bougainvilleen, und als es Nacht geworden war, zog er los, einen seiner Spitzel ins Gebet zu nehmen, einen indischen Gendarmen mit rotem Käppi und der Medaille der *République française,* über den er an sicherem Ort nicht weit von Kalkutta eine garstige Akte verwahrte. Hätten die Franzosen von dieser Akte Wind bekommen, hätten sie ihren Schergen schnurstracks ihren Erzfeinden, den Engelländern, ausgeliefert, ohne sich den Empfang quittieren zu lassen. Das Ergebnis war eindeutig: Malfarcy war ein braver Kerl, der keiner Fliege etwas zuleide tat, sich in erster Linie mit seinen Eroberungen beschäftigte und keinerlei Verbindungen zur Unterwelt besaß. Obwohl er sich manchmal ein wenig hochnäsig gab, beging er keinerlei Amtsmissbrauch, schlug seine Dienstboten nicht, beleidigte keine Bettler und teilte hochherzig und in sämtliche Himmelsrichtungen Bakschische unter die Bedürftigen aus. Was seine kleinen Vorlieben anging, darüber lächelten die Leute hier nur milde. Wenigstens entjungferte er nicht ihre Töchter. Peabody beschloss, die Sache ad acta zu legen. Ohne Mariannens Kindern auch nur einen Schuh gebürstet zu haben, schlug er sich noch einmal nächtens durch die

Büsche im Grenzgebiet und war wenige Tage später zurück in Port Albert.

* * *

Die verschleierte muslimische Witwe hielt weiter von Zeit zu Zeit Wache am Eingang zur Hütte von Schwester Mary vom Rosenkranz, erwies ihr kleinere Dienste, holte Wasser und schrubbte ihr den Rücken im Bade. Aber der Anblick der Nonne tat Begum Leila gar nicht gut; mit Entsetzen stellte sie sich vor, wie diese furchtlose Schönheit, diese Frau, die es mehr als jede andere wert war, geliebt zu werden, in der Einsamkeit vor sich hinwelken würde, während sie Jahr für Jahr Lümmel mit rotzverschmiertem Kinn das Alphabet herunterplärren ließ, die wilder tobten als kleine Teufel im Weihwasserbecken und von denen die meisten bestenfalls, sofern sie den Hungersnöten und Epidemien entgingen, einem reglosen Schicksal inmitten ihrer Reisfelder entgegensahen.

Und so erschöpften sich die Tage in häuslicher Fron, ohne dass der Verrückte auch nur einmal wieder aufgetaucht wäre. Und während die Begum Leila die Schüler mit einem Knurren zur Ruhe brachte, gefiltertes Wasser in Krüge abfüllte oder mit dem Besen den Hof kehrte, genoss sie es, sich in Momenten der Muße auszumalen, wie sie im Schneidersitz auf einem Ross durch die Steppe galoppierte, auf ihr niedergehockt die Nonne, gänzlich aufgehend in der langsamen, heiteren Umschlingung in der Art des unsterblichen Taoisten und der Jungfrau.

* * *

Einmal mehr hievte der Inspector sich aus einer Piroge und schaffte es, dabei nicht in den Kanal zu plumpsen. Er entließ den Paddler, dem er befohlen hatte, ihn zwölf Stunden später am selben Ort abzuholen, und nahm, gewappnet mit einem Beutel, in dem er Wasser und scharfe Reiskuchen hatte, eine sehr hohe Kokospalme ins Visier, in deren Stamm grobe Stufen gehauen waren, die dazu dienten, den Nusssammlern ihre Arbeit zu erleichtern.

Er zog seine Jacke aus, knotete sich ein Seil um den Bauch und machte sich daran, den Baum hochzuklettern. Der Pirogier, der noch in der Nähe war, fuchtelte heftig mit den Armen, um ihm zu bedeuten, dass das ein halsbrecherisches Unternehmen sei, doch er kümmerte sich nicht um ihn und erklomm Stufe um Stufe, wobei er seine Leibesfülle ächzend am Stamm emporwuchtete, schlimmer als ein Verdammter fluchte und dem Andenken an den unseligen Shantidas nur wenig Respekt zollte – denn der Baum ragte praktisch in das Grundstück des Anwalts hinein, das jetzt öde und verlassen dalag, mit verriegeltem Tor, doch dem dicken Polizisten waren Gerüchte zu Ohren gekommen, denen zufolge dort ein mysteriöses Kommen und Gehen herrschte. Peabody hatte fast den Wipfel der Palme erreicht, fürchtete, ihn unter seinem Gewicht wegbrechen zu sehen, und zurrte sein Seil fester, welches ihm jetzt in den Rücken einschnitt, während der Stamm ihm den Bauch aufschürfte. Es dämmerte schwefel- und feuerfarben, dann war es Nacht. Die Geräusche des Tages, die Raben zumal, verstummten, Hunde fingen an zu bellen, Stechmücken lösten die winzigen Fliegen ab, und der Inspector begann mit seiner langen Nachtwache, in der Hoffnung, Zeuge er wusste selbst nicht welchen illegalen Treibens zu werden, und, wer weiß, vielleicht den oder die Mörder zu identifizieren, die es an den Ort des Verbrechens zurückgezogen hatte.

So verging die Zeit. Hier und da flackerten Dochte auf, erklang Gelächter, öfters noch Gebell, oder es krähte ein Hahn. Dann fast durchgehend Stille.

Bis er unter sich Flüstern vernahm und das Geräusch von Rudern, die äußerst behutsam ins Wasser eintauchten. Um sich allen Blicken zu entziehen, kletterte Peabody sachte weiter nach oben, Zoll für Zoll. Doch ganz allmählich begann der Baum sich zu neigen, bog sich tiefer und tiefer, und setzte ihn am Ende, eine monströse Frucht von mondiger Rundung, in einer bauchigen schwarzen Holzbarke ab, die völlig leer war, nach Zimt, Gewürznelke und Tierkot roch, und wo geschwätzige Männer, jäh aus dem Dunkel auftauchend, sich seiner bemächtigten, ihn binnen einer Sekunde fesselten und, ohne sich um seine gellenden Schreie zu kümmern, auf ein langes Bambusrohr banden wie einen Eber, den man zum Markt transportiert. Der Bambus, der sich unter seinem Gewicht durchbog, wurde quer über das Boot gelegt, sodass der Inspector völlig in der Luft hing.

Rufe hallten durchs Dunkel: »Er soll sich erkenntlich zeigen!«

»Wir haben ihn vor dem Ertrinken bewahrt!«

»Er war vom Dämon besessen! Wir mussten ihn fesseln!«

»Wir haben dem Ingiriss das Leben gerettet!«

»Zahlen soll er!«

»Bakschisch!«

»Sonst wird er verrecken!«

»Nun seid mal still! Die Ladung dürfte jeden Augenblick eintreffen!«

»Die Dhau wartet schon auf uns!«

»Die anderen werden gleich da sein! Habt ihr das Geld parat?«

»Halt den Mund! Was hast du nur im Hirn?«

Einer der Männer betupfte sich das Gesicht mit einem Handtuch, das er sich als Turban um den Kopf geschlungen hatte, und zündete eine schmale Zigarette an, deren Rauch er Peabody ins Gesicht blies, während er auf Englisch bemerkte: »Inspector Sahib, denn so nennt man Sie ja wohl, Sie sehen einem grausigen Ende entgegen: Die Krokodile werden Sie fressen. Wissen Sie eigentlich, dass sie ihre Beute, nachdem sie sie ertränkt haben, für drei oder vier Wochen im Schlamm vergraben? Denn sie mögen es, wenn das Fleisch ein wenig faulig ist.«

»Wenn ihr mich für einen Trottel haltet, mein Junge, dann wird nichts aus unserer Freundschaft. Das weiß doch jedes Kind, dass es längs der ganzen Malabarküste, in all den Kanälen und toten Flussarmen, die sich über Hunderte von Meilen erstrecken, so gut wie kein einziges dieser verdammten Krokos gibt. Das wäre gerade so, als wenn ich euch erzählte, dass sich aus dem Schlamm der Themse Gold gewinnen lässt!«

Die Männer beredeten sich eine Weile auf Malayalam, mit gedämpfter Stimme und ziemlich schnell. Man konnte ahnen, dass sich zwei Parteien herausbildeten, die einen, die ihren Fang in bare Münze umsetzen wollten, die anderen, die ihn am liebsten gleich wie eine Ratte ertränkt hätten. Der ewige Konflikt im Menschenherz zwischen Vernunft und Neigung.

Die blauen Schweinsäuglein Peabodys, der enger als je zuvor an sein Bambusrohr gefesselt war, glänzten in der Finsternis: »Weil ihr die Sprache Chaucers und des unsterblichen William beherrscht, sind wir dazu bestimmt, einander zu verstehen, meine Herren. Es wäre mir ein außerordentliches Vergnügen, Ihnen eine Information zukommen zu lassen, die Gold wert ist.«

Verunsichert scharten sich die Schmuggler um den Dicken, derweil die Barke unter dem Getrappel ihrer Füße zu schwanken begann. Sie kannten seinen Ruf und fürchteten ihn mehr als Tod und Teufel. Selbst wenn sie ihn verschwinden ließen, sein Geist würde ihnen keine Ruhe lassen.

Der Inspector redete weiter: »Wenn wir schon nicht unter Freunden sind, so doch unter wohlerzogenen Leuten. Ich denke, es wird euch interessieren zu erfahren, dass ihr in größter Illegalität einen Beamten der Krone festhaltet. Aber lassen wir dieses Detail, und vergessen wir den Tarif, der auf derlei steht. Mein Vorschlag ist nur meiner besten Freunde würdig. Er ist nicht fürs gemeine Volk bestimmt, für all die Beutelschneider und Langfinger der Diebesmärkte, die Mordbuben und Habenichtse, Hundsfötte und Lumpensäcke, die diesen Planeten bevölkern, sondern nur für Ausnahmewesen, folglich für euch, niemand anderen als euch, meine Freunde! Es ist ein ganz und gar außergewöhnliches Angebot!«

»Jetzt reicht's aber! Was wartet ihr noch, ersäuft ihn endlich!«

»Ja, lasst uns den Ingiriss ersäufen! Als Schildkrötenfutter ist er gerade gut!«

»Wenn wir ihn freilassen, wird er uns nur verraten!«

»Nein, lasst ihn reden!«

»Es ist mein lebhaftester Wunsch, werte Freunde, dass ihr zu Glück und Wohlstand gelangt. Die Götter mögen mir Zeuge sein.«

Peabody fragte sich, ob es wohl opportun sei, eine Hymne auf Sanskrit anzustimmen, aber ließ es dann doch lieber sein.

Die Männer ringsum blieben stumm. Die Barke war gefangen in rabenschwarzer Nacht, am Ende der Welt. Die nächstgelegene englische Garnison war eine Tagesreise mit dem Dampfer entfernt. Der wiederum war gestern auf Grund gelaufen.

Peabody hatte nichts zu verlieren. Er schluckte. Jetzt mach bloß nicht schlapp, Josaphat! »Keinem liegt euer Wohlergehen mehr am Herzen als mir, geschätzte Freunde, die ihr das Sinnbild eines unerschrockenen Handels seid, der die Fessel einer infamen Besteuerung, die seinen Aufschwung bremst, abzustreifen sucht. Und ich weiß, dass eure Aktivitäten, oh ihr Wohltäter eurer Mitmenschen, unter dem amoralischen Tun asozialer Elemente, wahrer Ungläubiger, leiden! Noch heute Abend möchten sie, Hyänen gleich, einen unfrommen Anteil von eurem so teuer verdienten Gewinn abschöpfen. Sofern sie es schaffen, zu kommen!«

Die Schmuggler waren mucksmäuschenstill. Der Inspector folgte einer plötzlichen Eingebung und rief: »Nun, ihr habt fortan nichts mehr zu befürchten! Jayarâm und Fulbert, sein rattengesichtiger Kompagnon, sind vor kurzem verhaftet worden. Ich habe euch einen wertvollen Dienst erwiesen, das gibt mir wohl das Recht, auf meine Freiheit zu hoffen, findet ihr nicht? Ihr werdet endlich ungestört eurer Arbeit nachgehen können.«

»Sie wollen uns wohl auf den Arm nehmen, Inspector Sahib. In der ganzen Provinz würde es niemand wagen, Jayarâm auch nur ein Haar zu krümmen. Sie wissen ja, wer sein Beschützer ist ...«

»Ihr konntet das nicht wissen, weil ihr lange zur See wart, meine Freunde, ganz in eure ehrbaren Geschäfte vertieft, aber damit ist es jetzt vorbei. Shantidas ist tot.« (Ausrufe ungläubigen Staunens erklangen.) »Seht, wie verlassen die Villa daliegt. Sein Beschützer lebt nicht mehr, um über ihn zu wachen, und statt sich in demutsvoller Bescheidenheit eine neue Basis für seine Aktivitäten zu suchen, hielt Jayarâm sich für oberschlau und hat sich dermaßen daneben benommen, dass wir ihn kürzlich wohl oder übel einsperren mussten.«

»Sie haben nur Ihre Pflicht getan, Inspector Sahib«, bemerkte einer der Schmuggler mit honigsüßer Stimme.

Peabody schob seinen Bauern ein Feld weiter vor: »Aber letztlich können wir ihm, abgesehen vom tätlichen Angriff auf Father O'Reilly« (empörte Zwischenrufe aus den Reihen der Schmuggler, von denen etliche Christen waren), »wenig nachweisen und könnten uns gezwungen sehen, ihn bald wieder auf freien Fuß zu setzen, ihn und seinen Komplizen. Richter Frazier ist zurzeit verreist, aber er dürfte in Bälde zurück sein. Das ist ein heikler Punkt.«

»Lassen Sie sie nur nicht laufen!«

»Das hängt nicht von mir ab, meine Freunde!«

»Machen Sie sich nicht lustig über uns, Inspector Sahib.«

»Wenn sie die Polizisten bestechen und fliehen, dann stechen wir sie ab!«

»Und was habt ihr hier gemacht? Elegische Gedichte verfasst? Astronomische Berechnungen durchgeführt? Oder vielmehr auf eure Opiumlieferung gewartet, um sie in aller Stille zu exportieren … Und wo löscht ihr die Ladung? In Goa? Socotra? Sansibar? In Aden, hab ich recht? Und dann weiter nach Europa! Oder in Djibouti? Und euer Whiskey, habt ihr den schon bei der Mission abgeliefert?«

»Dummes Kuli-Geschwätz!«

»Und ihr schicktet euch gerade an, Shantidas über Jayarâm seine fünfzehn Prozent Schutzzoll zukommen zu lassen.«

»Zwanzig Prozent, Inspector Sahib!«, rief eine Stimme durch die Dunkelheit.

Man hörte, wie eine Faust auf einen Kieferknochen niederging.

Der dicke Engländer fuhr fort: »Wie ihr seht, decken sich unsere Interessen. Zur Hölle, könntet ihr mir die Fesseln nicht ein klein wenig lockern?«

»Wenn wir Sie freilassen, wer garantiert uns dann, dass Sie uns nicht bei nächstbester Gelegenheit für eine Hand voll Reis verkaufen?«

»Zum Ersten seid ihr viel zu gerissen, euch von einem aufgeblasenen Hanswurst von Ingiriss einfach so übers Ohr hauen zu lassen. Zum anderen pfeif ich auf die Zollbehörden, der Teufel soll sie holen. Und schließlich liegt mir genauso viel wie euch daran, diese Scheusale aus dem Verkehr zu ziehen. Ich habe noch eine weitere wertvolle Information für euch: Im Hinblick auf die zahlreichen Anschuldigungen, die ihnen zur Last gelegt werden, kommen sie so schnell nicht frei …«

»Eben haben Sie noch das Gegenteil behauptet!«

»Sie haben geschwindelt, um die Wahrheit zu erfahren!«

»Jetzt reicht's aber wirklich! Ab ins Wasser mit ihm!«

»Sollen sich doch die Schildkröten an seinem ranzigen Speck ergötzen!«

»Im Übrigen darf ich euch mitteilen, dass eure Dhau beim Umladen der Ware von der Barke nicht eben diskret ist. Vom Hafen in Port Albert aus sticht sie einem geradezu ins Auge, selbst der Gutwilligste kann nicht glauben, dass es sich um die Jacht eines exzentrischen Lords handelt, die in warmen Gewässern kreuzt. Also, meine Freunde, nun macht mich schon los.«

»Bakschisch!«

»Ein anderes Wort kennt ihr wohl nicht! Ganz ehrlich, eure Prämie, die können wir vergessen. Ihr kennt doch mein Gehalt. Dafür könnt ihr euren tugendhaften Transaktionen jetzt völlig ungehindert nachgehen … fürs Erste jedenfalls. Also, was sagt ihr?«

Nach langem Beratschlagen setzten die Schmuggler Peabody mitsamt seinem Bambusrohr am Ufer aus. Sie nahmen schweigend das Opium an Bord und glitten lautlos in der stockfinsteren Nacht davon, durch die Kanäle Richtung Ozean zu ihrer Dhau, um in See stechen können, ehe der Morgen graute. Als der Pirogier am Vormittag den Inspector holen kam, fand er ihn in höchst unbequemer Position, mit steifen Gelenken und von Ameisen bedeckt, und band ihn los, ohne zu fragen. Bei diesen Ingiriss wunderte ihn gar nichts mehr.

* * *

Die Korbsessel ächzten, als würden sie gleich zusammenbrechen. Nichts in Peabodys Physiognomie deutete darauf hin, dass er eine anstrengende Nacht hinter sich hatte. Sein Teint war rosig, und er paffte frischvergnügt an seiner Zigarre: »Unser Amateur ist also wieder aufgetaucht, selbstverständlich in Abwesenheit der Begum Leila, doch er hatte keine Zeit, zur Tat zu schreiten? Wo ist Schwester Mary jetzt?«

»Sie unterrichtet gerade. Stören Sie sie bitte nicht.«

»Ich werde dann später mit ihr sprechen. Und Timothy?«

»Timothy ist über jeden Verdacht erhaben, Inspector Sahib. Er ist einer der allerersten Konvertiten von Saint Anthony's. Er hat Father O'Reilly wirklich unschätzbare Dienste erwiesen, ohne ihn sähe die Mission ganz anders aus«, erklärte der gute Riese Bonaventura und strich sich sanft über den Bart.

»Das ist ein höchst relativer Begriff. Wenn ich über jeden Verdacht erhaben wäre, würde ich das ausnutzen, um gewaltig über die Stränge zu schlagen. Wo ist er denn eigentlich?«

»Er jätet sein Paprikabeet!«

»Dann wollen wir ihm mal einen Besuch abstatten!«

Timothy war im Garten zugange und lockerte mit der Hacke ein sandiges Beet auf. Als er die beiden kommen sah, rief er: *»Yes, father?«*, ohne seine Arbeit zu unterbrechen. Peabody gab sich väterlich und machte Bonaventura Zeichen, sorgfältig zu dolmetschen: »Leg dein Werkzeug beiseite, mein Junge, und setzt dich zu uns. Ich muss dich ein oder zwei Kleinigkeiten fragen.«

»Wie Sie wünschen, Inspector Sahib«, erwiderte das Faktotum und kauerte sich hin. »Mein Herz ist so rein wie eine Quelle in den Cardamom-Bergen.«

»Das verlangt ja keiner von dir. Sag mir nur, hast du eine Ahnung, wer der Verrückte sein könnte, der Schwester Mary vom Rosenkranz nachstellt?«

»Er möge in der Hölle schmoren, Inspector Sahib!«

»Bist du verheiratet, Timothy?«

»Dazu fehlen mir die Mittel. Als der Father mich getauft hat, war ich Kanalreiniger.«

»Sag mir, Timothy, ich glaube bemerkt zu haben, dass du keine Unterwäsche unter deinen Shorts trägst, und du bist gut gebaut, mein Sohn. Soll ich daraus schließen, dass du allzeit bereit zum Einsatz bist? Bei Schwester Mary, zum Beispiel?«

Bonaventura, der ausnahmsweise einmal verlegen war, nahm den Himmel zum Zeugen. Das Faktotum rief laut, wobei seine braunen Augen vom einen zum anderen wanderten: »Schwester Mary ist die Seele der Mission. Sie ist mir heiliger als meine eigene Mutter und die Mutter unseres Erlösers.«

Der Engländer schnaubte ausdruckslos.

»Wenn Sie den Typen zu fassen kriegen, Inspector Sahib, dem schlag ich den Schädel ein. Und reiß ihm sein Dingsda aus. Mit bloßen Zähnen«, fuhr Timothy fort.

»Das verlangt nun wirklich keiner von dir.«

Die Stunde der größten Hitze war da. Peabody rückte seinen Liegestuhl näher an den von Anselmus heran und griff nach der zarten, feuchten Hand des Seminaristen: »Sie können offen mit mir reden wie mit einem Freund, mein Lieber.« (Fast hätte er gesagt: wie mit einem Vater.) »Haben Sie wirklich nichts Seltsames bemerkt? Sie werden mir beipflichten, dass ich die Identität der Person feststellen muss, die sich Schwester Mary in … hm … handgreiflicher Weise genähert hat. Obwohl die Vorfälle ja der Vergangenheit angehören, jetzt, da unsere Purdah-Witwe wie ein Zerberus über sie wacht, möchte ich doch noch einmal darauf zurückkommen.«

»Ja, reden wir nur über Ihre Witwe, Inspector! Ein launisches Geschöpf, das sich immer dann blicken lässt, wenn es ihm gerade passt. Schwester Mary ist viel zu gutmütig, dass sie das einfach so hinnimmt.«

Der junge Mann fuhr sich mit glänzender Zunge über die Lippen. Sein Atem beschleunigte sich. Etwas, das wie Verzweiflung aussah, durchzuckte seinen Blick. Peabody kratzte sich eine Speckfalte am Bauch und krempelte die Ärmel hoch. Er zündete bedächtig eine grüne Zigarre an und drückte lange mit beiden Händen die zarte Hand. Er fuhr fort: »Anselmus! Ich habe das undeutliche Gefühl, dass Sie mir infolge eines ganz natürlichen Schamgefühls etwas verbergen … Sie denken, keiner liebt Sie. Sie irren sich. Ihre Qualitäten werden von allen anerkannt. Wenn Sie nur begreifen wollten, wie nahe ich mich Ihnen fühle, Sie öffneten mir auf der Stelle Ihr Herz. Diese erzwungene Keuschheit tut Ihnen nicht gut, das fühle ich. Sie schmoren gewissermaßen im eigenen Saft, mein Sohn, in Ihren Sekreten.«

»Welch unflätige Ausdrucksweise!«

Der Inspector ließ Anselmus' Hand fahren und hätte ihm fast eine gelangt, doch er hielt sich zurück: »Ich errate es: Schwester Mary vom Rosenkranz hat Sie mehr verwirrt, als Sie es sich je hätten vorstellen können. Das ist im Übrigen durchaus nachvollziehbar.«

»Eine schamlose Verdächtigung! Wie können Sie es nur wagen?«, rief der magere Seminarist mit verzerrten Zügen, in die stinkende Rauchwolke gehüllt, die von der Zigarre seines Gesprächspartners aufstieg.

»Ich bin ein alter Mann und lese in Ihrem Herzen, mein Kind. Anfangs war es gewiss nicht in böser Absicht, dass Sie sich Schwester Mary näherten ...«

»Niemals!«

»Und Sie sind sich Ihrer Berufung ganz sicher?«

»Das geht Sie gar nichts an!«

»Wir werden uns ein anderes Mal weiter unterhalten, lieber Anselmus, es wird Ihr Gewissen erleichtern.«

»Ich werde Father O'Reilly Mitteilung von Ihren Unterstellungen machen.«

»Dann gehen wir doch am besten gleich gemeinsam zu ihm und machen Klarschiff! Wenn Sie wollen! Nein? Sie streichen die Segel?« (Der Inspector konnte den nautischen Metaphern nicht widerstehen.) »Sie wollen lieber nicht seinen Argwohn wecken, hab ich recht? Aber sagen Sie mal, wo ist eigentlich die gute Begum Leila?«

Anselmus blickte ihn erbost an: »Sie hat sich heute freigenommen, wie üblich!«

* * *

Der Bungalow war leer; der Wächter hatte seinen Posten im Stich gelassen und war gerade dabei, in Vimalas Glücksspieltreff unter Kokospalmen seinen kargen Lohn zu verspielen.

Zwei Uhr morgens. Die Hitze ließ nicht nach. Die Stufen knirschten unter dem Gewicht des korpulenten Besuchers, der barfuß im Lendentuch die Gartentreppe emporschlich. Das Schloss leistete nicht lange Widerstand. Nach einigen Sekunden hatten sich seine Augen an die Dunkelheit gewöhnt und er vermochte halbwegs deutlich zu sehen, während er inspizierend durch die Räume lief. Die Küche, das Reisig für den Herd, an der Wand Hack- und allerlei andere Messer, eine Ballonflasche mit Öl, und an einem Pfosten, unerreichbar für die Ratten, ein Sack Reis. Im

Schlafzimmer ein mönchisches Feldbett. Im Wohnzimmer ein Schreibtisch mit Einlegearbeiten, über die der Eindringling prüfend mit der flachen Hand strich. Auf dem Schreibtisch das Foto einer Frau mit verblichenen Zügen. An den Wänden zwei Karabiner, ein Kavalleriesäbel und exotische Waffen.

Der Besucher stieg hinab ins Kellergeschoss und erkundete den Abstellraum: Alle Werkzeuge waren in hervorragendem Zustand, geschliffen und mit neuseeländischem Walfischöl gefettet. Ihr Stahl leuchtete im Sternenlicht, das durch die Kellerluke fiel. Der Besucher musterte sie ausgiebig, von allen Seiten, alle Vorsicht fahren lassend im flackernden Schein seines Feuerzeugs. Dann ging er wieder hoch ins Wohnzimmer und schloss beim Gehen sorgsam die Tür. Auf der Straße hatte er einen Leckerbissen für einen räudigen Hund parat, der ihn neugierig im Schritt beschnupperte und sich dann schwanzwedelnd trollte.

Von ferne wehten die Stimmfetzen der Spieler durchs dichte Dunkel des Palmenhains.

* * *

»Ausgebrochen? Sie sind ausgebrochen? Das hat noch keiner geschafft, aus dem Kommissariat von Port Albert auszubrechen!«

Nicht einer der Polizisten traute sich zu antworten, dass das Kommissariat erst seit sechs Monaten fertiggestellt war und noch nie einen Gefangenen beherbergt hatte, abgesehen von einem Bauern, der seinen Nachbarn im Streit um drei Kokosnüsse mit dem Buschmesser zerhackt hatte, und dann seit kurzem Jayarâm und Fulbert.

Peabody, vom Donner gerührt, fuhr fort: »Und ihr glaubt, dass ich euch das einfach so durchgehen lasse? Dass der brave Trottel von Ingiriss euch dafür auch noch den Arsch küssen wird? Um euch für eure außerordentliche Wachsamkeit zu danken? Da habt ihr euch aber geschnitten! Ihr werdet in eurer momentanen

Inkarnation noch einiges zu erleiden haben! Haben sie euch Geld geboten?«

»Natürlich, Inspector Sahib, aber wir haben abgelehnt.«

»Oh ihr Engelchen! Und wie haben sie es dann angestellt?«

»Sie haben die Tür aufgebrochen.«

»Wie stillos! Sie hätten doch wenigstens mit dem Teelöffel einen Tunnel graben können … Und wer hat sie von ihren Ketten befreit?«

»Sie hatten uns doch angewiesen, sie nicht allzu schwer zu behängen.«

»Am Ende war es, wenn das so weitergeht, noch meine Schuld! Und ihr habt gar nichts Verdächtiges gehört?«

»Die Nacht ist manchmal so voll mit Geräuschen …«

»Was glaubt ihr, wie weit sie gekommen sind?«

»Wir haben uns sofort an die Verfolgung gemacht, aber vergebens, zumal ringsum erzählt wird, dass … äh … die Mannschaft der …«

»Die Schmuggler, ja, und weiter?«

»Dass jemand die Schmuggler vorgewarnt hätte und die beiden Flüchtlinge ihnen in die Hände gefallen seien. Wir sind über alle Maßen untröstlich, Inspector Sahib«, die Hilfspolizisten falteten die Hände und verneigten sich tief, »unsere Bestürzung ist grenzenlos, und nichts in der Welt kommt ihr jemals gleich.«

* * *

Das Dinner im Waterloo-Hotel bei drückender Hitze, die nicht weichen wollte, war zutiefst deprimierend. Der Richter war noch nicht von seiner Dienstreise zurück und der Inspector allein mit dem Paar Batterbury-Woods, das eine gramvolle Miene zur Schau trug. Die junge Gattin hatte ihre Koffer gepackt und wartete, da die *Dehra Dun* noch immer auf dem Trockenen lag, dass sich eine, wie sie sich ausdrückte, »dezente« Gelegenheit böte,

Port Albert adieu zu sagen. Der Hai, den sie bestellt hatten, war faserig weiß und hatte kaum mehr Geschmack als ein Stück Pappe. Lustlos kauten alle drei auf ihrem Knorpelfisch mit Jamswurzel herum und spülten ihn mit etlichen Bechern lauwarmen Wassers hinunter.

»Was, glauben Sie, ist aus den Banditen geworden, Inspector?«, erkundigte sich Mrs Batterbury-Woods.

»Man hat mir berichtet, sie seien gleich nach ihrer Flucht in die Hände einer Schmugglerbande gefallen, mit der sie nicht eben auf bestem Fuße standen. Somit gibt es zwei Möglichkeiten: Entweder sie haben sich freigekauft, und die Mittel dazu hatten sie ja, oder …«

»Gütiger Gott!«

»Oder man hat mit ihnen einen kleinen Ausflug aufs Meer gemacht: Aller Wahrscheinlichkeit nach sind sie zerstückelt worden, mit der Machete, bei lebendigem Leibe versteht sich, und den Haien zum Fraß vorgeworfen«, fuhr der Inspector mit genießerischem Lächeln fort. »Eben denselben Haien, die wir im Augenblick verspeisen.«

»Wie entsetzlich! Aber hätte die Polizei sie denn nicht beschützen können, wie es ihre Pflicht ist?«, fuhr sie in anklagendem Ton fort.

»Diese Polizeistation ist so durchlässig wie ein Sieb! Port Albert ist auf Sand gebaut, wie das Haus des Törichten …«

Der Hilfssteuereinnehmer öffnete zum ersten Mal seit Beginn der Mahlzeit den Mund und äußerte düster: »Richter Frazier wird sehr ungehalten ob dieser skandalösen Versäumnisse sein …«

»Die armen Verbrecher! Welch schreckliches Ende!«, schaltete sich die Gattin wieder ein.

»Was wollen Sie, das waren schließlich keine Chorknaben. Wie es geschrieben steht, wer das Schwert zieht, der kommt auch durch das Schwert um«, deklamierte Peabody schulmeisterlich, fuhr sich mit der Zunge über die Lippen und berührte unter dem

Tisch ganz leicht den Oberschenkel der jungen Frau, die lebhaft zurückzuckte.

* * *

So unsichtbar wie ein Stein am Grunde des Ozeans, die gute Begum Leila. Schwester Mary vom Rosenkranz lag auf ihrem Feldbett, mit offenen Augen im Herzen der Finsternis. Sie schwitzte entsetzlich, und das Nachthemd kratzte ganz furchtbar auf ihrer Haut. Ein Knarren übertönte jäh die bekannten Geräusche der Nacht: Da war jemand bei ihr im Raum. Sie rührte sich nicht. Das war keiner ihrer Katechumenen und auch keines der Schulkinder. Die hätten sich vorher angekündigt. Plötzlich griff ein Arm nach ihr, eine Klinge stach ihr in die Haut, und sie spürte etwas Hartes und Heißes auf ihrem Bauch, während eine Hand sich schnell hin- und herbewegte. Sie stieß die Klinge beiseite, schrie, schlug um sich, sprang auf die Füße. Letztendlich erwies sich der Arm als nicht besonders kräftig, und wild entschlossen, wie sie diesmal war, warf sie ihren Angreifer zu Boden und über ihn ein Fischernetz, das speziell für diesen Zweck neben ihrem Lager bereit lag. Der Mann stieß unverständliche Schreie aus und verwickelte sich immer mehr in das Netz. Schwester Mary zündete eine Kerze an und rief um Hilfe. Nackt wie ein Wurm, mit verdrehten Augen ein Paternoster stammelnd, ergoss der Seminarist Anselmus seinen Lebenssaft über den Sand. Timothy kam mit einem dicken Knüppel angerannt und begann, auf ihn einzuschlagen. Die Nonne gebot ihm Einhalt.

Zwei Stunden später dämmerte der Tag herauf, und Peabody, von Timothy alarmiert, war auch schon da. O'Reilly, der vermutlich irgendwo versackt war, blieb unauffindbar. Der Dicke zündete zum zweiten Mal seine gewundene Zigarre an, die nicht richtig brennen wollte, während Schwester Mary, die sich wieder beruhigt hatte, mit der Machete einen kleinen Haifisch ausnahm.

»Kompliment, Schwester, Sie haben sich nicht von diesem Unglücksvogel einschüchtern lassen!« (Er hüstelte.) »Aber wo zum Kuckuck bleibt denn nur die Begum Leila, Ihr Schutzengel?«

»Die arme Frau ist gestern Abend verschwunden, ohne sich abzumelden, wie so oft. Sie ist übrigens noch immer nicht wieder aufgetaucht.«

»Der werde ich die Ohren langziehen, dieses sture Frauenzimmer! Na ja, herzlichen Glückwunsch nochmal! Nebenbei bemerkt, solche Typen sind nur selten eine wirkliche Gefahr. Sie geben sich damit zufrieden ...«

»Ich bitte Sie, Inspector«, unterbrach ihn die Nonne mit funkelndem Smaragdblick, während sie die Innereien des Knorpelfischs zwei mageren jungen Hunden zuwarf.

Die Hitze war schon wieder unerträglich geworden, und die Raben in den Kokospalmen krächzten sich die Kehle aus dem Hals.

»Wie auch immer«, fuhr Peabody fort, wobei er sich diskret die Schenkel kratzte und schnaubte wie ein Seelöwe auf seiner Eisbank, »jedenfalls kann der Unhold keinen Schaden mehr anrichten. Mit seiner Ordination ist es vorläufig nichts. Ich werde ihm versuchte Vergewaltigung anhängen, und Frazier wird ihn tüchtig in die Zange nehmen, glauben Sie mir. Er wird ihm schon noch den Geschmack daran verderben, hübsche Frauen zu belästigen.«

Das Kompliment war direkt, und die Schwester lief dunkelrot an: »Achten Sie auf Ihre Worte, Inspector.«

»Verzeihen Sie. Ich kenne ja Ihre Selbstlosigkeit und Aufopferungsbereitschaft gegenüber den Bedürftigen. Aber ich bin auch nur ein Mann.«

»Merken Sie sich, ich bin keine Frau.«

Statt jeder Antwort ließ Peabody seinen Blick unter halbgeschlossenen Lidern hervor über diesen anbetungswürdigen Körper schweifen, der sich unter dem nachtblauen Stoff verbarg. Schwester Mary fuhr fort: »Wie Sie selbst schon sagten, hat er keineswegs versucht, mich zu vergewaltigen, nur dass sein Benehmen ...

grauenvoll peinlich war. Armer Junge. Er hat sich immer so unwohl in seiner Haut gefühlt, immer so unterlegen, trotz seiner Intelligenz …«

»Das hat doch damit nichts zu tun.«

»Mag sein. Er kam sich immer so kümmerlich vor, so ungeliebt. Ich werde zu seinen Gunsten aussagen, wenn Sie ihn unbedingt vor Gericht zerren wollen. Aber etwas sagt mir, dass der Pater …«

»Ganz wie Sie wünschen. Es ist ja letzten Endes nur ein Sittendelikt. Trotzdem, vergessen Sie nicht, dass er bewaffnet war. Und was mich betrifft, in meinen Augen ist die Vergebung der Sünden kein taugliches Konzept.« (Absolut lachhaft und schädlich, dachte er.) »Aber wenn Sie es vorziehen, diese Episode zu vergessen, will ich es dabei bewenden lassen. Und wenn Richter Frazier beschließt, den Fall aufzurollen, dann wird ihn, denke ich mir, die römische Kirche schon decken, das ist ja so üblich. Und in ein paar Jahren können Sie ihn dann als Beichtvater engagieren, wenn Sie wollen, warum nicht. Auf eigene Gefahr. Wenn Sie mich jetzt bitte entschuldigen würden, ich habe noch in der Stadt zu tun. Also dann, vielleicht bis morgen!« Tief verärgert machte Peabody auf dem Absatz kehrt.

An jenem Abend war die Stimmung in Saint Anthony's höchst angespannt, und die Geräusche, die aus dem Dschungel drangen, einander durchdringend, sich schier überschlagend, Affen- und Vogellärm, machten nichts besser. Anselmus, der im Missionar in der Tat einen Fürsprecher gefunden hatte, war in seine Hütte verbannt und musste bis auf weiteres Buße tun. Nur allzu froh, so billig davongekommen zu sein, wartete er, dass das Gewitter sich legen würde. Schwester Mary ruhte aus, und Bonaventura war nirgends zu sehen.

O'Reilly sprang aus seinem Sessel auf, er war scharlachrot, hatte seinen Krug so gut wie geleert und verlor zum ersten Mal die Contenance: »Als Mensch kann ich Sie nicht weiterempfehlen, Mister

Peabody! Es wäre redlicher von Ihnen gewesen, Sie hätten diesem Jayarâm und diesem Fulbert eigenhändig eine Kugel in den Kopf geschossen!«

Der Inspector wand sich hin und her auf seinem Sitz, der unter ihm fast nachgegeben hätte: »Jetzt brechen Sie mal bitte keinen Streit vom Zaun. Jayarâm war allein schon wegen des unseligen Hiebs, den er Ihnen verpasst hatte, fällig. Und Fulbert wegen der versuchten Brandstiftung. Ganz zu schweigen von der Vergewaltigung Devis, vom Mord am Baby und an Chandrikâ. Frazier mit seiner fast schon pathologischen Paragraphenreiterei, nun ja, nicht immer, hatte gegen diese Verhaftungen nichts einzuwenden gehabt. Also, was wollen Sie? Aus dieser Polizeistation würde noch der letzte verkrüppelte Greis entkommen! Selbstverständlich bekommen die Polizisten eine Rüge, und es wird ihnen der Lohn gekürzt. Aber ist es meine Schuld, wenn draußen schon Kriminelle auf die Flüchtigen warten?«

»Letztere rühmen sich, von Ihnen informiert worden zu sein.«

»Pah! Sie werden doch Verleumdungen aus Spitzbubenmund keinen Glauben schenken? Gleich kommen mir die Tränen. Mit Jayarâm ist das System Shantidas endgültig zusammengebrochen.«

»Trotzdem. Ihr Benehmen ist schändlich ... Sie selbst haben diese Verbrecher entkommen lassen!«

»Nein, hab ich nicht. Glauben Sie doch, was Sie wollen. Wie auch immer, sie waren reif für den Galgen. Und wenn Sie Ihre Zunge nicht bald im Zaum halten, Father, dann werden Sie Ihre Zulieferer in eine sehr missliche Lage bringen. Das wäre doch ärgerlich, vor allem mit Blick auf Ihre Whiskeyversorgung. Was nun Jayarâm und Fulbert betrifft ...«

»Unser Herrgott hat sein Leben für die hingegeben, welche die größte Schuld auf sich geladen haben!«

»Für die Richtigkeit dieser Behauptung möchte ich nicht geradestehen«, erklärte Peabody eisig. »Und vielleicht tauchen sie ja am anderen Ende des Landes wieder auf, in Hochform und bereit, rückfällig zu werden. Hier in Indien kann man sich keiner Sache jemals ganz sicher sein. Ich wünsche Ihnen eine geruhsame Nacht, Father.«

Eine halbe Stunde später, während O'Reilly mit dem Glas in der Hand in seinem Sessel hing und sich in ungnädigen Worten über den Ausbruch und Peabodys schmählichen Part dabei erging, wurde er von Schwester Mary unterbrochen: »Nein, Father, da bin ich nicht Ihrer Meinung. Gewiss, dieser Inspector legt die meiste Zeit höchst beklagenswerte Manieren an den Tag und ist ganz sicher nicht der Mann, den sich die Eltern eines jungen Mädchens als Schwiegersohn wünschten. Ohnehin ist er längst über dieses Alter hinaus. Aber vergessen Sie nicht, dass sein Beruf ihn zum ständigen Umgang mit dem Abschaum der Gesellschaft nötigt. Und dennoch, glauben Sie mir, fehlt es ihm weder an Einfühlungsvermögen noch an …«

O'Reilly warf ihr einen erstaunten Blick zu, und sie verstummte verwirrt.

* * *

Eines Morgens tauchte quietschend und scheppernd, pfeifend und schwarzen Rauch ausspuckend ein stattlicher Dampfschwimmkran auf, vor sich einen Schleppkahn, hinter sich einen Kohlefrachter. Er machte die *Dehra Dun* wieder flott, und die Mannschaft begab sich an Bord, befreite das Schiff von allem Sand, schrubbte es gründlich und versah es mit einem Neuanstrich. Besondere Aufmerksamkeit wurde den Dampfkesseln zuteil. In der folgenden Woche nahm der Steamer Kokosnüsse und Reissäcke sowie etliche Packen Zimt und Kardamom an Bord. Die hinduistischen Matrosen opferten ein Zicklein, schlachteten es und enthaupteten es zu Ehren eines weißbärtigen Gottes, der, so behaupteten sie jedenfalls, über Wohl und Wehe aller mechanischen Unternehmungen wachte. Ohne sich um das Gebrüll des Chefmechanikers zu kümmern, eines gebürtigen Glasgowers, der calvinistische Psalmen zu singen pflegte, begossen sie die Maschine mit größter Selbstverständlichkeit mit dem Ziegenblut und schmückten den Manometer, die Schiffsglocke sowie das Porträt von Königin Victoria, das im Salon festgeschraubt war, mit Blütengirlanden.

Am folgenden Tag standen die Kessel unter Druck und der Dampfer tutete vergnügt in sein Horn, ehe er sich von der Küste entfernte, noch immer einem grünschwarzroten Spielzeug ähnlich.

Die ebenfalls an Bord befindliche Mrs Batterbury-Woods sann in ihrer Kabine über den Denkzettel nach, den Vater und Mutter ihrem Ehemann verpassen würden. Sie war gegangen, ohne sich nur einmal umzudrehen, den Hilfssteuereinnehmer seinem Schicksal überlassend, nachdem sie ihm den so unrechtmäßig erworbenen Schmuck zurückgegeben hatte, fest entschlossen, Indien auf dem schnellsten Weg zu verlassen und im Leben niemals mehr zurückzukehren. Gütiger Gott!

# Sechstes Kapitel

*Die Enterhaken waren ausgeworfen, und der Engländer hatte das Korsarenschiff unter Gebrüll und Todesgeschrei, zwischen berstendem Holz und im Rauch der Geschütze, die aus nächster Nähe feuerten, erfolgreich geentert. Beide Schiffe waren mit den Rahen ineinander verhakt, und die Brigantine nahm sich neben der Fregatte beinahe unscheinbar aus. Schon bald verstummten die Kanonen: Alle Mann hatten Säbel in der Hand. Der Nahkampf war gnadenlos. Auf beiden Schiffen säbelten die Matrosen der Navy die Franzosen nieder, die wie die Löwen kämpften, an Deck und in den Wanten.*

*»Beim Beelzebub und seinen Klöten, Courage, Kinder!«, brüllte Borquolme und wirbelte, der Gefahr trotzend, mit der Axt herum. »Der Sieg ist zum Greifen nah.«*

*Zwar waren die Briten in der Überzahl, doch Fortuna wechselte unvermittelt das Lager, als ein Musketenschuss, von einem Mast aus abgegeben, Kapitän Howell tödlich traf und seine drei Offiziere von blutrünstigen Korsaren niedergemetzelt wurden. Demoralisiert ließen sich die Matrosen der* Worcester *überrennen, die Midshipmen ergaben sich als Erste, und nach ein paar Gefechten im Halbdunkel des Unterdecks waren die Korsaren Herr der Fregatte.*

*Juan Pedro hatte seinen Säbel zurück an den Gürtel gesteckt und war dabei, den verpickelten englischen Midshipman zu trösten, der schreckliche Angst hatte und laut schluchzte. Es war sein erstes Gefecht zur See, er war erst fünfzehn Jahre alt.*

*Der blauweißrote Federbusch an seinem Zweispitz flatterte verwegen im Wind: Borquolme mit seinem fuchsroten, jetzt vom Pulverdampf geschwärzten Backenbart biss kräftig in seinen Priem und sprang aufs Achterdeck der Zweiunddreißig-Kanonen-Fregatte. Eine fabelhafte Prise, so völlig unerwartet. Das Deck war rot von Blut, mit Kadavern, Spieren, Tauen und Taljen übersät. Geschützkugeln rollten bedrohlich von Reling zu Reling. Der Mann aus Yport ließ den Union Jack streichen und gab Befehl beizudrehen. In Windeseile war die Prisenbesatzung auf ihrem Posten, und das Deck wurde freigeräumt und geschrubbt. Die Gefangenen hatte man unter Deck gepfercht. Das Vordringlichste war es jetzt, die Lecks im Rumpf der* Intrépide *abzudichten, und, falls nicht schon zu spät, schleunigst das Wasser aus dem Schiffsbauch zu pumpen, der unablässig voll lief. Bei der Fregatte hingegen, wo die meisten Einschüsse über der Wasserlinie lagen, eilte es nicht so sehr, solange die Wellen nicht einzudringen drohten. Und dann aber Kurs auf Armorica: Es galt, schnellstmöglich den Heimathafen Brest anzulaufen und unterwegs alle feindlichen Patrouillen zu umgehen.*

*Derweil er versuchte, den Wert seiner Prise abzuschätzen – anscheinend war kein Gold bei der Ladung, doch allein das Aufbringen eines Kriegsschiffs war eine rare Leistung –, schob der Mann aus Yport seinen Priem in die Backentasche und spuckte in hohem Bogen über Bord. Er war überaus zufrieden. Der Gejagte war zum Jäger geworden, der Schwache hatte den Starken besiegt. Doch ein Ruf vom Ausguck unterbrach schon bald diese angenehmen Gedankengänge: »Holla, Ausguck an Deck: Segel querschiffs Steuerbord!«*

Peabody riss einen losen Faden von seinem Hemd und schob ihn als Lesezeichen zwischen die Seiten. Einer der Etagenboys brachte siedend heißen Tee, und die Hotelratte, pünktlich wie stets, sauste geschäftig über die Veranda. Peabody, dessen Inneres sich anfallsartig in eisigen Krämpfen zusammenzog und ihm Anlass zu echter Sorge gab, schlug unwillkürlich gereizt das Buch zu. Sah es nicht ganz so aus, als ob sich das Blatt zugunsten der Franzosen gewendet hätte? Was für eine abstruse Idee, diese Leute die Oberhand gewinnen zu lassen! Na ja, andererseits musste man zugeben, dass diese

Froschschenkelfresser sich ihren Schneid nicht abkaufen ließen. Abwarten, wie es weiterging. Und dieses Bild vom Wild, das zum Jäger wird, oder umgekehrt, so ganz klar war es nicht, das gefiel ihm.

Lautes Gepolter auf den Treppenstufen, dann klopfte es an der Tür. Der Junge, der dem Telegraphisten zur Hand ging, war an diesem Tag nicht umsonst gekommen, sondern um dem Inspector ein Telegramm aus England zu überbringen, das noch Hunderte von Malen mit tiefer Befriedigung gelesen und zuletzt in eine geheime Tasche gestopft werden würde. Der Junge zog mit einer halben Rupie davon – erzähl das bloß keinem, du kleiner Gauner!

* * *

Am folgenden Tag, dem 25. April, kehrte Richter Frazier von seiner langen Dienstreise durch das Landesinnere zurück, wie stets frisch aus dem Ei gepellt und knitterfrei, eskortiert vom Gerichtsschreiber und seinem Hausdiener. Sie hatten Bußgelder über diverse Hühnerdiebe verhängt und als Beute erster Wahl einen Vatermörder in Ketten im Schlepptau, den ein Weiler ihnen einmütig überantwortet hatte.

Der Richter war entrüstet, als er vom Ausbruch von Jayarâm und Fulbert erfuhr, üblen Subjekten, die er mit Freuden an den Galgen gebracht hätte, doch bis auf ein oder zwei ätzende Bemerkungen zum Thema Fehlverhalten der Polizei, einer Institution, über welche so manches zu sagen wäre, ließ er seine schlechte Laune nicht an Peabody aus. Der Inspector ließ ihn schwätzen; der Richter konnte ihm diesbezüglich ohnehin nichts anhaben. Wenn die Sache eine üble Wendung nehmen sollte, würde man die Schuld einfach dem Bauunternehmer zuschieben, der gewiss ein schräger Vogel war.

Frazier zeigte sich im Übrigen nicht sonderlich gesprächig: Er verkniff sich jeden Kommentar zur Abreise von Mrs Batterbury-Woods und schaute nur kurz nach seinem Kanu, bevor er in seinem Büro verschwand.

* * *

Der Inspector trat verlegen von einem Fuß auf den anderen und versuchte mehr schlecht als recht, seinen Bauch einzuziehen. Schwester Mary vom Rosenkranz saß vor ihm, die Hände um die Knie geschlungen. Sie lächelte ruhig und gelassen, während der Dicke noch immer von einem Bein aufs andere hüpfte. Am Ende schnippte Peabody seine Zigarre in den Sand und räusperte sich: »Letztlich ist die Lösung dieses Problems Ihrer Tatkraft zu verdanken, Schwester. Sie ganz allein haben den Elenden überführt. Ein bedauernswerter Knabe, dieser Anselmus, ein wahrer Heuchler vor dem Herrn. Ich habe Frazier den Hergang erzählt, er ist weniger unerbittlich als sein Ruf und hat beschlossen, die Sache auf sich beruhen zu lassen. O'Reilly hat mir zugesichert, dass Anselmus die Gegend verlassen wird, sein Seminar schickt ihn ich weiß nicht wohin. Hoffen wir, dass die öffentliche Bloßstellung seiner Schande sein Mütchen kühlen wird.« (Falls es ihn nicht im Gegenteil noch mehr erhitzt und sein überquellendes Schamgefühl sich in seine Schwellkörper ergießt, dachte er.) »Und man hat mir gesagt, dass auch Sie ...«

»Ja, ich gehe weg von hier. Mein Orden hält es nicht für wünschenswert, meinen Aufenthalt hier zu verlängern. Ich danke Ihnen für Ihre Fürsorge, Inspector. Aber gestehen Sie es nur: Diese Begum Leila ...«

»Sie waren doch in Gefahr! Sie brauchten einen richtigen Schutz, wirksam und diskret. Eine Aufgabe, die mir zufiel. O'Reilly war mir behilflich.«

Schwester Mary verfärbte sich purpurrot und senkte den Blick. Peabody schluckte: »Meine Schwester, ich habe Ihr Vertrauen missbraucht.«

Die Nonne sagte kein Wort. Dem Inspector tropfte der Schweiß von der Glatze. Er fuhr sich mit seiner violetten Zungenspitze über die Lippen: »Ich bin nichts als ein grotesker, ekelhafter alter Mann. Ich habe Sie irregeführt, habe mich, wie ein Badejunge, der Löcher in Kabinenwände bohrt, am Schauspiel Ihrer Halbnacktheit geweidet, während Sie Ihre Toilette machten. Aber dennoch … «

»Ich habe es schon geahnt, Inspector: Der Begum entströmte mitunter so ein Bocksgeruch, aber ihre Gesellschaft war mir nicht unangenehm. Keineswegs. Nur die Unterhaltung mit Ihnen war ein wenig schleppend, wissen Sie?«

Sie senkte die Stimme und murmelte kaum hörbar: »Es war übrigens Irreführung auf beiden Seiten.«

Die Abenddämmerung überzog den Ozean mit ihrem Purpurschein. Die Palmwedel neigten sich unter dem Gewicht der Raben, die sich mit ihren glänzenden Schnäbeln fertig zum Schlafengehen machten.

Obwohl er sich durchaus darüber im Klaren war, wie lächerlich die Situation war, fiel Peabody auf die Knie und drückte für den Bruchteil einer Sekunde seine Lippen auf die Hand der Nonne: »Aber ich war nicht nur ein liebeskranker Hund! Ich …«

»Schweigen Sie. Sonst muss ich Sie bitten zu gehen.«

Peabody verneigte sich tief bis in den Sand: »Sie sind das Licht dieser Welt. Mächtige Herrscher hätten diesen Planeten mit Feuersbrunst und Krieg überzogen, nur um einen einzigen Ihrer Blicke zu erhaschen. Ihr …«

»Unser Schicksal nimmt selten auf unsere Wünsche Rücksicht, und Sie sind meines Wissens kein mächtiger Herrscher«, fügte sie ironisch hinzu. »Sie beherrschen sich ja noch nicht einmal selbst, will mir scheinen, jedenfalls nicht heute Abend. Sie sollten wirklich heimgehen, Inspector.«

Die Nacht war schwül und opak. Peabody lag im Sand, die Arme quer ausgestreckt, wie ein reuiger Sünder: »Lassen Sie uns gemeinsam nach Singapur gehen, oder nach Melbourne!«

»Eine Nonne, die mit einem Polizisten von zweifelhaftem Ruf durchbrennt, der überdies dreißig Jahre älter ist als sie?« (Ihre Stimme wurde härter.) »Was werde ich sein? Lehrerin an den äußersten Grenzen des Empire, bei den Eisbären in den einsamen Weiten Kanadas, bei den Kängurus und Giftschlangen der australischen Wüste? Oder gedachten Sie, mein Zuhälter in Panama zu werden? Sie vergessen sich, Inspector. Gehen Sie oder ich rufe Timothy herbei.«

Der Inspector erhob sich und schüttelte sich den Sand aus den Kleidern, er wirkte fast heiter: »Verzeihen Sie diesen Moment der Verirrung, meine Schwester. Adieu.«

Das Lachen der Nonne war von Traurigkeit unterlegt: »Adieu, Josaphat. Ich werde für Sie beten.«

* * *

Als Erstes drängte der Schwarm frisch aus Europa eingetroffener Nonnen aus dem Steamer. Mit keuschem Blick und rosigem Teint waren sie gekommen, die armen Heiden der Finsternis zu entreißen, ihr Gepäck – neugierig drängelte sich das Volk um eine Nähmaschine mit Pedal – in der Obhut dichtbehaarter Träger mit feurigem Blick und sehr hoch gewickeltem Lungi. Jovial, mit gebräuntem Teint und Korkhelm auf dem Kopf, hieß O'Reilly sie willkommen, pries ihnen Saint Anthony's in leuchtenden Farben und stellte ihnen für den übernächsten Tag einen Einführungsvortrag in die Hindukultur in Aussicht, gehalten von einem eminenten Spezialisten.

Rotkarierter Lendenrock und weißes Hemd, College-Krawatte und Jacke, dick besohlte Sandalen und Schnurrbart: Die drei so sehnsüchtig erwarteten Sub-Inspectors kamen im Gänsemarsch den Steg der *Dehra Dun* herunter, liefen im Gleichschritt, sprachen im Gleichklang, waren einander befremdlich ähnlich, wie Drillinge oder bizarre Kreaturen aus dem Labor eines verrückten Forschers. Auf dem Kai stellten sie sich dem Inspector vor: Phule, Firooz und

Francis. Ein Hindu, ein Muslim, ein Christ, so blieb das Gleichgewicht gewahrt. Unter ihren vibrierenden Schnurrbärten überschwemmten sie Peabody mit einer Flut leerer Komplimente und versicherten ihm, dass sie infolge des Hin und Her bei den Behörden zwar mit einiger Verzögerung eingetroffen seien, den Inspector zu unterstützen, die Übeltäter fortan jedoch nichts mehr zu lachen hätten. Dann marschierten sie hinter ihm her zum Kommissariat. Ein Polizist servierte Tee. Sie zuckerten ihn so stark, dass einem schon vom Zuschauen übel wurde. Es war keine Unterkunft für sie vorgesehen. Umstandslos jagten sie die uniformierten Hilfspolizisten, die nicht zu protestieren wagten und sich im Hof ein Behelfslager bauten, aus ihrer Hütte mit den Etagenbetten. Peabody schritt nicht ein. Er kannte das erdrückende Gewicht der Hierarchien. Er hatte ein kleines Budget zur Verfügung, das würde wohl reichen, einen zusätzlichen Raum mit Backstein hochzuziehen, ehe der Monsun die Polizisten unter seinen reißenden Wassern begrübe.

Als die *Dehra Dun* ablegte, ging Schwester Mary vom Rosenkranz an Bord. O'Reilly, Bonaventura und gut hundert kreischende Kinder begleiteten sie zum Kai. Es fehlte nur Anselmus, der sich denn doch nicht zu zeigen wagte. Timothy trug ihren Koffer. Scheinbar gleichgültig, doch mit einem Ziehen im Herzen, der Absurdität der menschlichen Existenz eingedenk, sagte Peabody ihr unten am Steg ein letztes Mal Lebewohl, feierlich-lächerlich mit seinem Tropenhelm im Arm, im grellweißen Anzug unter diesem mitleidslosen Himmel. Als er dem Smaragdblick der jungen Frau begegnete, der ihm, zu Unrecht, völlig ausdruckslos vorkam, fühlte er sich eine endlose Sekunde lang verbittert und alt.

Auch Vimala und Devi hatten Port Albert Ade gesagt und schifften sich ein. Der Krämer war dem Rat des Dicken gefolgt und zog in aller Stille mitsamt seinem Glücksspieltreff um. Peabody fragte sich, ob Devi nicht schon wieder schwanger war.

Im Postsack steckte diesmal die Ankündigung einer bescheidenen Rente für Chandrikâs Witwe. Bonaventura begab sich mit einem Angestellten der Steuerbehörde ins Dorf, um der Familie die frohe Kunde zu überbringen, und dieser zählte ihnen aus einer Ledertasche – Kalb, oh Schreck und Graus! –, auf welcher das Wappen des British Empire prangte, eine nach der anderen die Silberrupien der ersten Monatsrate hin, denen, obgleich im Lederbeutel befördert, nicht der Makel der Unreinheit anhaftete. Cousins und Schwäger, im stickigen Raum zusammengepfercht, zählten mit lauter Stimme wieder und wieder die Rupien nach, und in ihrem Singsang – »*Pifteen rupeez! Sixteen rupeez!*« – klang etwas wie heimlicher Jubel auf.

* * *

»Die Grundidee ist die, dass es Phallus und Phallus gibt …«

Ein Schauder lief durch die Zuhörerschaft.

»Nehmen Sie es nicht übel, meine Schwestern, und verstehen Sie es nicht falsch, aber alles in allem hat das Lingam nichts von einem unschicklichen Symbol an sich, selbst wenn es der Form nach so erscheint. Doch der Schein trügt, und es ist auf keinen Fall mit einem ordinären *godemiché* zu verwechseln.«

Ein Murmeln lief durch die Reihen der frisch in der Mission eingetroffenen Nonnen, die unter einem großen Baum versammelt waren.

Peabody, vom eigenen Vortrag mitgerissen, schwadronierte angeregt weiter: »Es handelt sich nämlich um das Symbol des Männlichen, das alle schöpferischen Ideen des Kosmos zum Ausdruck bringt, insbesondere natürlich die männliche Kraft des Gottes Shiva, einen, nun, nennen wir das Kind beim Namen, Phallus, und der zusammen mit Yoni, welche, wenn Sie so wollen, die ihn umklammernde Vulva symbolisiert« (erneutes Murmeln in den Reihen der guten Schwestern), »Vulva, das weibliche

Prinzip, die Göttin Parvati … Gottheiten, deren unfruchtbare Kopulation nun schon seit etlichen Millionen von Jahren anhält. Unfruchtbar, ja! Denn, um auf jene zu sprechen zu kommen, die man bequemlichkeitshalber ihre Kinder nennt, Ganesha, Herr der Heerscharen, Ganesha mit dem Elefantenkopf, ist aus dem Hautabrieb seiner Mutter im Bade geboren, und Skanda, den keine Frau, meine Schwestern, das nur am Rande, verehren sollte, dieser Ephebe mit dem Pfau als Reittier, Kriegsgott und Gott der Homosexuellen zugleich, ist einer Ejakulation Lord Shivas entsprossen, der, wenn man so sagen kann, bereits etliche kosmische Zyklen lang auf dem Gipfel des Weltenberges Kailas schmort …«

Die Ordensschwestern senkten sprachlos den Blick. Die energischste unter ihnen rief laut: »Was ist denn das für ein Wirrkopf? Eine Schande! Bringt ihn zum Schweigen!«

O'Reilly, der mit geröteten Augen ein wenig abseits saß, rülpste.

Peabody fuhr genießerisch fort: »Manche behaupten ja, dass sich tief in den Wäldern Lingams aus schwarzem Granit befinden, die mit geschmolzener Butter gefettet werden und der Befriedigung der Witwen dienen, welche keuchend auf ihnen reiten, aber ich kann Ihnen versichern, dass ich derlei noch nie habe beobachten können … «

»Aufhören!«

Father O'Reilly rappelte sich hoch, kam eilends herbei, im Schlepptau Timothy mitsamt seinem Knüppel, und packte Peabody am Arm: »Als ich Ihnen vorschlug, ein paar einführende Worte zur indischen Kultur zu sagen, schwebte mir nicht vor, dass Sie Horrorgeschichten erzählen, Inspector, oder keusche Ohren beleidigen.«

»Ach! Papperlapapp! Denen werden schon noch die Augen übergehen, Lingams stehen hier an jeder Straßenecke …«

»Die drei Sub-Inspectors wissen auch schon Bescheid, und sie reden davon, ein Verfahren wegen Erregung öffentlichen Ärgernisses in die Wege zu leiten …«

»Diese Idioten! Soll sie doch der Teufel holen!«

In der Tat wurden die drei Sub-Inspectors schon am folgenden Tag bei Richter Frazier vorstellig, der sie sogleich in seine Amtsstube bat. Wie gewöhnlich kamen sie im Gänsemarsch bei ihm hereinmarschiert, im ewig selben rotbraun karierten Lendenrock, mit College-Krawatte und Sandalen, und der Richter warf ihnen einen wohlwollenden Blick zu, der indes nicht gänzlich frei von Herablassung war.

»Herr Richter, wenn wir uns erlauben, Sie in Ihrer arbeitsamen …«, begann Phule.

»… Zurückgezogenheit zu behelligen, dann nur, weil wir … «, fuhr Firooz fort.

»… in tiefster Sorge und Unruhe sind«, beendete Francis.

»Wie sehr auch immer wir zum Respekt unserer …«

»… Vorgesetzten verpflichtet sind, es ist offensichtlich, dass … «

»… die Störung der öffentlichen Ordnung …«

»… unübersehbar ist. Das skandalöse und unmoralische Verhalten dessen …«

»… den man viel zu wohlwollend …«

»… Inspector Sahib nennt, darf keinesfalls …«

»… ohne Sanktionen bleiben.«

Richter Frazier hatte es die Sprache verschlagen, während die drei Polizisten im fliegenden Wechsel fortfuhren: »Der Tatbestand des Delikts erscheint uns erfüllt und wir … «

»… empfehlen, ein Strafverfahren einzuleiten. Der Herr Richter wird darüber befinden. Außerdem …«

»… haben wir über den Ritualmord nachgedacht, der an der Person des …«

»… Anwalts Shantidas verübt wurde, und die Gegenwart des vorgeblichen …«

»… Inspector Sahib am Ort des Verbrechens so kurz nach der Tat …«

»… erscheint uns höchst verdächtig. Deshalb empfehlen wir, dem …«

»… vorgeblichen Inspector Sahib diesen Fall zu entziehen und sein gesamtes …«

»… Tun und Lassen gründlich zu durchleuchten.«

Die drei Schnurrbärte schnellten in die Höhe.

Frazier, vom Benehmen dieser drei Männer, die sich so kurz nach ihrer Ankunft unter einem fadenscheinigen Vorwand ihres Chefs zu entledigen versuchten, völlig benommen, schlenkerte mit den Armen und blickte ausdruckslos drein. Sein Krawattenknoten war verrutscht. Das war zu viel für ihn. Er machte sich Notizen und versprach, darüber nachzudenken, fest entschlossen, gar nichts zu tun. Im Gegenteil, wenn sich die drei Clowns weiter beschwerten, würden sie ziemlich schnell in der Bredouille stecken.

* * *

Seit der Abreise seiner Frau kümmerte Reginald Batterbury-Woods vor sich hin. Sein porzellanblaues Auge blickte in fassungsloser Verzweiflung in die Welt, und der arme Junge hätte Peabodys Mitleid erregt, hätte er seinen Versuch, den unglückseligen Chandrikâ zu kompromittieren, nur vergessen können.

Wenn der Inspector daran dachte, auf welche Art seine Gattin sein Schweigen erkauft hatte, war er nicht sehr stolz auf sich (obwohl er jederzeit mit Freuden rückfällig geworden wäre, hätte sich nur die Gelegenheit geboten; doch die *fausse maigre* segelte längst den Nebeln Albions entgegen … ). Der Hilfssteuereinnehmer, der keine Möglichkeit sah, den Schmuck abzustoßen und das Geld in die Kasse zurückzulegen, würde fortan in beständiger Furcht vor einer Inspektion leben, und die Sirene der

*Dehra Dun* würde ihm jedes Mal, wenn der Dampfer vorüberfuhr, in den Ohren klingen wie die Posaune des Jüngsten Gerichts.

* * *

Obwohl es kaum sieben Uhr morgens war, ließen die Angestellten des Waterloo-Hotels schon die Jalousien im Speisesaal herab. Während er aus den Augenwinkeln Frazier beobachtete, der von seinem täglichen Dauerlauf unter Palmen zurück war und seine in warmer Milch schwimmenden Körner kaute, hatte Peabody schon seinen nicht gerade saftigen Bacon und seine Zwergeneier verdrückt, mit einem tüchtigen Schluck Tee hinterhergespült und bestellte sich nun noch ein paar Scheiben Toast.

Er unterdrückte einen Rülpser, als Frazier, mit unverändert schlaffer Haut und lauerndem Blick hinter der sportlichen Fassade, ihn beiläufig fragte: »Ach übrigens, wie weit sind Sie eigentlich im Fall Shantidas? Sie haben mir schon länger nichts mehr erzählt. Neue Erkenntnisse?«

»Langsam aber sicher mache ich Fortschritte. Das Netz zieht sich unmerklich zusammen. Wenn der Tag gekommen ist, wird der Mörder seinem eigenen Tod ins Auge blicken, allein, wie seine Opfer es waren, Aug in Auge mit ihrem Tod, grauenvoll allein, Aug in Aug mit diesem höhnisch grinsenden, sabbernden Irren«, orakelte er düster. »Und dieser Tag ist vielleicht näher, als er denkt.«

»Vertrauen Sie nur der Justiz, wenn es so weit ist, Mister Peabody«, antwortete Frazier, während er sich heiße Milch auf die nächste Portion Körner goss. »Ich zähle auf Sie, dass Sie ihn schnappen werden, zählen Sie auf mich, dass er dafür zahlt.«

Der Inspector, dem in der Zwischenzeit ein Junge ein Telegramm aus Bombay gebracht hatte, das er ohne jede Regung überflog, blickte schmollend wie ein großes Baby drein: »Ich kenne die Identität des Mörders, aber er wird es nicht wagen, mich anzugreifen. Keinerlei Initiative. Ein in seiner Routine festgefahrenes Geschöpf, ein Erbsenzähler, Sie verstehen, was ich meine. Er wird, wenn seine Zeit gekommen ist, fallen wie eine reife Frucht. Aber bis dahin gehe ich erst mal fischen«, erklärte Peabody dem Richter mit wissender Miene, langte mit dem Arm in ein kleines Kabuff und zog mit einer Bambusangel und einem Bananenblatt, in dem ein faules Stück Fleisch voller Maden steckte, von dannen.

»Sie haben recht, Inspector. Alles zu seiner Zeit. Petri Heil!« Fraziers Oberlippe begann wieder heftig zu zucken.

»Inspector Sahib, ich hätte keine Ehre im Leib, würde ich mich jetzt meiner Pflicht entziehen. Father O'Reilly hat Sie mir ja gewissermaßen anvertraut ...«, erklärte der jugendliche Riese mit seiner Bassstimme, während sein pechschwarzer Bart in der Meeresbrise wehte.

Der Seminarist hatte den Inspector in der Kokosplantage eingeholt, und weil er ihm irgendwie seltsam vorkam, sträubte er sich zu gehen, obwohl Peabody ihn beschwor, ihn allein zu lassen. »Ich weiß Ihr Angebot sehr wohl zu schätzen, Bonaventura, aber das Spiel wird allmählich zu gefährlich, und außerdem bezahlt Sie ja keiner dafür, dass Sie sich eine Kugel einfangen.«

»Wer redet denn hier von Geld?«

»Hören Sie. Ich befinde mich praktisch in der Lage der Ziege, die von Jägern an einem Pflock im Wald angebunden wird, um den Tiger anzulocken. Der einzige Unterschied ist der, dass ich gleichzeitig Ziege und Jäger bin. Und ich habe keine Ahnung, ob der Tiger bloß hungrig ist oder auch blutdürstig.«

»Inspector Sahib, ich bestehe darauf.«

»Wenn Sie einer meiner Kollegen wären, was mir übrigens gar nicht so schlecht gefiele, aber das wissen Sie ja längst, wäre das eine andere Situation. Doch ich lege keinen Wert darauf, Ihren Tod auf dem Gewissen zu haben. Außerdem sind Sie schon eine Meile gegen den Wind zu erkennen.«

»Ich kann meine Soutane gegen einen Lungi vertauschen, dann sehe ich aus wie irgendein Bauer.«

»Bonaventura, ich bitte Sie, diese Runde muss ich ganz alleine spielen.«

Und schon humpelte er weiter, der alte Mann, mit seinen in den Schnürstiefeln geschwollenen Füßen, vorwärts in den Glutofen der Kokosplantage.

Seit ein oder zwei Stunden saß der Inspector jetzt schon am schattigen Ufer eines Kanals auf dem Stumpf einer umgestürzten Palme, fernab jeder Behausung. Er hatte seine Angelrute mit dem Gleichmut eines harmlosen Alten ausgeworfen, wie ein Pensionär, der unter den Weiden im guten alten England den Gründling foppt, und überwachte mit halbgeschlossenen Augen den roten Schwimmer, der auf dem schwarzen Gewässer trieb. Mit halbgeschlossenen Augen, doch alle Sinne hellwach, denn wenn sein Instinkt nicht trog, käme es hier und jetzt zum entscheidenden Schlagabtausch. Wasserinsekten surrten in der drückenden Hitze, und ein räudiger Hund strich um ihn herum, kratzte sich und schnappte nach einer Fliege.

Peabody spürte, dass jemand hinter seinem Rücken war, warf sich im Gefühl einer unmittelbaren Bedrohung seitlich zu Boden und zückte den winzigen Damenrevolver, den er nur bei besonderen Anlässen mitnahm. Die Klinge einer Machete zischte an seinen Ohren vorbei und blieb im weichen Holz des Schaftes stecken. Peabody biss die Zähne zusammen und feuerte los, doch er verfehlte sein Ziel, einen eher klein gewachsenen Mann, der mit langen geschmeidigen Schritten davonlief und versuchte, seinen Verfolger abzuhängen. Nachdem der die Machete aus dem Stamm gerissen hatte, gab er noch ein oder zwei Schüsse ab, die freilich nicht trafen. Doch der Angreifer beging den Fehler, sich erstens auf eine Landzunge und zweitens auf eine hohe Palme zu retten, an deren Stamm er mit großer Geschwindigkeit emporkletterte.

»Sie vulgärer Fettwanst! Sie mach ich fertig!«

Peabody hatte beim ersten Wort die Stimme dessen erkannt, der dort oben hockte. Der ist mit allen Wassern gewaschen, sei auf der Hut, Josaphat.

Schwarze Schweine wühlten unweit einer grünschillernden Pfütze im Schlamm. Magere Hühnchen scharrten den Boden auf. Peabody hatte ein blütenweißes Taschentuch um seine Glatze geknotet, das von der Größe her auch als Leichentuch für einen Sultan hätte herhalten können. Seine Gürtelschnalle schnitt ihm schmerzhaft in den Bauch, und die Innenseite seiner Schenkel brannte wie Feuer. Nur seine Innereien gaben ausnahmsweise einmal Ruhe. Sein Atem ging keuchend, und er wünschte die ganze Welt zum Teufel. Er zog die Jacke aus, ließ sie in den weißen Sand fallen, wo sie die rötlichen Krebse in die Flucht trieb, riss sich die Krawatte vom Hals, knöpfte sein Hemd weit auf und betupfte sich die Stirn. Dann stemmte er sich mit Leibeskräften gegen den Stamm, bis dieser zu schwanken begann. Doch der Mann da oben war zu leicht, und der Baum kehrte in die Vertikale zurück.

»Sie werden sehen, Sie werden fallen, aber nicht wie eine reife, sondern wie eine faule Frucht!«

Der Inspector erkannte in großer Höhe, vor dem Hintergrund der vorbeiziehenden winzigen Schäfchenwolken, die schmale, sich anklammernde Silhouette, die zu ihm herunterschrie: »Das dürfen Sie nicht! Das ist Missbrauch von Amtsgewalt! Ein tätlicher Angriff! Man wird Sie Ihres Postens entheben!«

Peabody lachte belustigt auf. Das war seit vielen Jahren ein Lieblingsthema sämtlicher Ganoven und Vorgesetzter. Er hörte auf, am Stamm zu rütteln, und griff nach der Machete.

Hunderte von Raben hüpften aufgescheucht auf ihren Zweigen hin und her, kackten und krächzten mit schauerlicher Stimme, während ihre großen Schnäbel in der Sonne glänzten. Der Ozean lag friedlich da, entmutigend blau. In einiger Entfernung, hinter einer auf den Strand hochgezogenen Piroge, hockte ein Fischer und erleichterte sich unter dem lauernden Blick eines mageren Hundes. Der Inspector setzte zu den ersten Hieben ins weiche, fasrige Palmholz an. Er hatte Durst. Er sehnte sich nach Bonaventura, dass er an seiner Seite wäre, ihm mit seinem gutmütigen Riesenlächeln eine aufgeschlagene Kokosnuss reichte. Dieser Junge hatte nichts beim Orden verloren und er hoffte, ihn auf den rechten Weg bringen zu können, ehe es zu spät war.

Dann rief er nach oben, dem Himmel zugewandt: »Sie können ja Anklage erheben, wenn es Ihnen Spaß macht. Aber kommen Sie erst einmal herunter. Mag sein, dass ich erledigt bin, aber ich wette eine Tüte Kichererbsen gegen den Thron des Großmoguls, dass Sie nicht so einfach davonkommen werden. Nehmen Sie Vernunft an. Kommen Sie herunter. Sie werden sich sehr weh tun, wenn Sie fallen.«

Die Stimme aus der Höhe überschlug sich vor Wut: »Man wird Sie Ihres Postens entheben, Peabody. Dafür verbürge ich mich. Los, zeigen Sie wenigstens einmal ein bisschen Mut. Eröffnen Sie das Feuer, Sie fettes Schwein.«

»Ich hasse es, eine Verhaftung zu verpatzen.«

»Feiger Hund!«

Timothy hackte zum zweiten Mal sein Paprikabeet auf, und die neu eingetroffenen Nonnen wurden gerade Opfer ihrer Unerfahrenheit im Umgang mit unbelehrbaren Schülerscharen. Atemlos kam Bonaventura auf das Missionsgelände gestürzt und donnerte mit einer Stimme, die einem Schaljapin an der Moskauer Oper zur Ehre gereicht hätte: »Ich habe alles von ferne beobachtet! Ein Irrer will den Inspector Sahib ermorden! Father, wir müssen sofort aufs Kommissariat und ihm mit den Polizisten zu Hilfe eilen. Wir haben keine Zeit zu verlieren!«

O'Reilly, den Blick leicht getrübt, klapste mit seiner Würgerpranke einer dünnen jungen Frau im Sari auf den Po: »Warte da drüben auf mich. Mach es dir bequem, ich komme gleich nach.«

Die junge Frau bewegte sich mit verschlossenem Gesicht auf die Strohhütte des Paters zu, dessen Augen beim Klirren der schweren

Fußsilberreifen zu leuchten begannen, doch er nahm sich Zeit für eine Antwort: »Immer mit der Ruhe! Ihr Peabody ist kein kleiner Junge mehr, lassen Sie ihn nur, der kommt schon allein zurecht. Trinken Sie lieber einen Schluck. Timothy!«

*»Yes, father?«*

»Whiskey!«

Bonaventura hechtete davon und brüllte mit seiner Stentorstimme: »›Weiter sah ich unter der Sonne: Stätten des Rechts, da war Frevel‹, spricht der Prediger Salomo.«

Eines war klar: Mehr noch als Blutregen oder Heuschreckenplage waren die Kokospalmen der Menschheit als Geißel bestimmt. Keiner fände je Erquickung in ihrem grausamen metallenen Schatten.

Violett verfärbt, riss sich der Inspector das Hemd vom Leib und holte seinen letzten Trumpf aus dem Ärmel: »Das Spiel ist aus, Frazier. Sie können, wenn es Ihnen Spaß macht, noch bis unter den Galgen leugnen, sofern Sie Ihre Tage nicht auf den Andaman-Inseln beschließen, mit einer Kugel am Bein, die Sie hinter sich herschleifen – Leibesübungen, wie geschaffen für Sie! –, aber an Ihrer Metallsäge, da kleben noch Splitter von Menschenknochen, und das Sägeblatt, mit dem das Bein von Shantidas durchtrennt wurde, ist bereits sichergestellt.«

»Alles Lüge!«

»Zwei oder drei winzige Krümel, die Sie zweifellos nicht sorgfältig genug abgebürstet haben, nicht eben viel, doch es dürfte reichen, Sie zu verurteilen. Das Polizeilabor in Bombay hat mir vorhin das Ergebnis telegraphiert: Die Maße von Ihrem Sägeblatt, das Schienbein von Shantidas und der Knochensplitter, den ich dort aufgelesen habe, alles passt perfekt zusammen. Es gibt an der ganzen Malabarküste mit Sicherheit nur eine einzige Säge der Marke Vulcan aus Sheffield-Stahl, deren Zähne einen gleichmäßigen Abstand von einem vierundzwanzigstel Zoll aufweisen, und die überdies in einwandfreiem Zustand ist. Die Sägen hier in der Gegend, das ist alles armseliges Werkzeug aus billigem Stahl, und immer fehlen irgendwo ein paar Zähne. Sie sind einfach zu pingelig, Frazier: Jede x-beliebige rostige Säge, auf irgendeinem Markt gekauft, wäre sehr viel schwieriger zu identifizieren gewesen … Ihr handwerkliches Geschick hat Sie verraten, Frazier. Das Glück des Hobbyschreiners, das *home, sweet home,* ist eine der größten Schwindeleien, auf die die Menschheit je hereingefallen ist, neben der Religion oder dem Geblök der philanthropischen Gesellschaften. Sehen Sie mich doch an, ich, der ich unfähig bin, auch nur einen Nagel einzuschlagen, nun, jetzt bin ich es, der Ihnen Handschellen anlegt. In Ihrem Interesse, Herr Richter. Um es Ihnen zu ersparen, weitere Male diese degoutanten kleinen Sägereien vorzunehmen, die Sie an Ihresgleichen durchführen, um sich zu erregen. Ganz zu schweigen von Ihren hygienistischen Kau-Exerzitien, nicht wahr? Sie wären besser bei Ihren Körnern geblieben …«

»Sie sind völlig übergeschnappt, Peabody! Sie haben wohl getrunken?«

»Ich trinke niemals, das wissen Sie sehr gut. Das Klima hier verbietet es mir.«

»Nehmen Sie sich in Acht!«

»Vom ersten Tag an wusste ich, dass Sie der Mörder von Shantidas sind. Sie hatten in der Villa nicht das Geringste zu suchen. Kein Mensch hatte Ihnen Bescheid gegeben. Das weiß ich. Mein Informant war an jenem Morgen bei niemandem außer mir. Sie hatten plötzlich Panik und sind noch einmal zurückgekommen, um sicherzugehen, dass Sie auch ja nichts hinterlassen haben, das es erlaubt hätte, auf Ihre Fährte zu kommen. Daher war Ihre Anwesenheit zu diesem Augenblick an diesem Ort das beste Indiz für Ihre Schuld!«

»Grotesk! Geradezu absurd! Spinnereien eines dumpfen Stammhirns!«

»Ganz wie Sie wollen. Aber ich bin jedenfalls keiner, der andere in Stücke schneidet. Wenn ich auch manchmal nicht übel Lust dazu hätte. Aber man kann sich ja beherrschen. Man ist ja halbwegs wohlerzogen.«

»Aberwitzig!«, schrie der Richter von der Höhe seiner Palmwedelwiege. »Sie sind ein Schandfleck für die gesamte Administration!«

»An jenem Tag haben Sie behauptet, kurze Zeit nach mir bei Shantidas eingetroffen zu sein, und zwar auf dem Wasserweg, über die Kanäle. Das war zutreffend, mit Ausnahme einer Kleinigkeit: Sie waren schon einmal in der Villa gewesen, noch vor Tagesanbruch. Sie sind ein Frühaufsteher, und das war Ihr Pech. Die Welt gehört öfter, als man denkt, den Spätaufstehern, Frazier. Sie haben den Anwalt mit dem Malaiendolch ermordet, der in Ihrem Wohnzimmer hängt, dann haben Sie seine Leiche verstümmelt, das hat Sie erregt, Sie haben sich ein Steak zurechtgeschnitzt, auf die Schnelle etwas Gesundes für den Grill, und da Sie schon einmal dabei waren, haben Sie auch gleich versucht, eine Spur zu legen, die auf ein nekrophages Ritual hinweist, um die Sache den Einheimischen anzuhängen. Kreuzförmige Einschnitte und ein übel zugerichteter Penis, da haben Sie wirklich richtig zugelangt. Ziemlich spezielle Vorlieben, die Sie da haben, oder? Die kannte ich noch gar nicht. Aber Sie sind zu empfindsam und haben sich dann doch in eine der Brunnenschalen im Garten übergeben. Nicht genug Mumm, um Menschenfleisch zu fressen, was? Dafür brauche ich kein Labor. Kein Hund hätte in einer Höhe von einem Yard gekotzt. Vor allem aber hätte er keine Dosenerbsen gekotzt, so hübsch chemisch grün, vermischt mit Fleisch. Wo denken Sie hin! Das konnte nur ein Homo sapiens sein. Ein Engländer. Sie.«

»Lächerlich!«

»Sie haben die Möbel und das Geschirr zerschlagen, damit es nach einem Einbruch aussah, der aus dem Ruder gelaufen ist. Dann sind Sie mit Ihrem Kanu an der Küste entlang nach Port Albert zurück und haben den Vormittag brav in Ihrem Büro verbracht.«

»Selbstverständlich. Bei mir weiß man stets, wo ich zu finden bin.«

»Sie haben natürlich Zeugen. Das Ärgerliche ist nur, dass ich auch einen Zeugen habe.«

»Lachhaft! Einen Eingeborenen!«

»Sieh an, das wissen Sie auch. Sie wurden früh um halb acht auf dem Meer gesehen, gerade, als die Missionsglocke zum Unterricht geläutet hat ...«

»Kompletter Nonsens!«

»Ich werde Ihnen auch sagen, warum Sie diesen Strolch getötet haben. Ihr Motiv ist so klassisch, wie es klassischer nicht geht. Und jetzt halten Sie sich gut fest an Ihrer Palme, mein Alter, der Schock dürfte gewaltig sein. Mit zwei Worten: In England hat man die Ermittlungen über den Tod Ihrer Frau neu aufgerollt ...«

»Unmöglich!«

»Doch. Denn Sie selbst haben Ihre Frau vor zehn Jahren umgebracht. Sie wurde nicht schlagartig von einer heimtückischen Krankheit hinweggerafft. Sie wurde vergiftet. Neulich traf das Telegramm aus London, auf das ich so sehnlich gewartet hatte, ein. Schon damals hatten die Ärzte schwere Zweifel gehegt und eine Autopsie gefordert, aber Sie haben Ihren sozialen Status missbraucht und sie zu schweigen genötigt. Ein Richter hat so seine Beziehungen, nicht wahr?«

»Erbarmungswürdig! Sie haben ein krankes Hirn, Mister Peabody! Lassen Sie sich behandeln!«

»Ich freue mich übrigens schon darauf, demnächst mitzuverfolgen, wie Ihre Amtsbrüder versuchen werden, Sie da rauszuhauen. Das wird ja himmelschreiende Empörung auslösen unter den Perücken Ihrer Kollegen. Sie werden in flammenden Plädoyers über die Exzesse der Polizei herfallen und damit sicherlich ein paar schlichte Gemüter beeindrucken, stimmt's? Und die konservativen Blätter werden ihre besten Federn wetzen!«

»Ungemein amüsant!«

»Zur Stunde werden die sterblichen Überreste Ihrer Gattin exhumiert, es werden Proben von ihren Knochen genommen und eine nach der anderen analysiert. Die ersten Ergebnisse liegen bereits vor. Ich bin voll Bewunderung für die Fortschritte, die die Wissenschaft am Ende dieses Jahrhunderts macht, Sie nicht? Nun antworten Sie mir doch, Sie untröstlicher Witwer!«

»Eine abgefeimte Intrige ist das!«

»Sie haben also eine hübsche Summe geerbt, die Sie aber nie so richtig genießen konnten. Trotz allem waren Sie ziemlich in Sorge, wie die Sache sich nun weiterentwickeln würde, und hielten es für klüger, sich erst einmal abzusetzen. Da war der Dekkan für Ihr Vorhaben das geeignete Ziel, und Sie bekamen auch umstandslos Ihre Versetzung bewilligt. Die Malabarküste erfreut sich keiner allzu lebhaften Nachfrage. Gar zu weit von der Residenz des Vizekönigs entfernt.« (Peabody machte eine charakteristische Stiefelputzergeste.) »Passte der Rückzug in die Einsamkeit nicht sehr gut zu Ihrem großen Schmerz? Nur geschah dann leider Folgendes: Durch einen Zufall oder ein Zusammentreffen von Umständen, die mir noch nicht klar sind, hat Anwalt Shantidas, der ebenfalls aus England zurückgekehrt war, wo er Ihre Bekanntschaft gemacht hatte, Sie hier wiedergefunden. Er verfügte entweder über den siebten Sinn oder aber über Informationen, von denen ich bisher nichts weiß, und begriff sogleich, was passiert war. Er hat begonnen, Sie zu erpressen, darin kannte er sich ja aus.«

»Abenteuerlich!«

»Sie sind ein Mann mit Prinzipien und waren seine Forderungen irgendwann leid, die er mit der Zeit sicher immer höher schraubte, denn er verbrauchte beachtliche Summen. Die Einbestellung am Morgen des 22. Januar war dann der Tropfen, der das Fass zum Überlaufen brachte. Sagen Sie mir, ob ich mich irre.«

Von der Höhe seiner Kokospalme herab schleuderte der Richter seine gesammelte Entrüstung: »Sie haben keinerlei Beweise. Sie fantasieren! Ihr vom Tropenfieber angefallenes Hirn deliriert!«

»Und wer hat vorhin gerade versucht, mich mit dieser Machete, die ich in der Hand halte, ins Jenseits zu befördern?«

»Das müssen Sie erst beweisen! Aber Sie, Sie haben auf mich geschossen!«

»Ach, Sie können mich mal, Frazier!«, rief der Inspector. »Sie haben endgültig ausgespielt.«

»Sie lügen, Peabody. Das ist nur wieder eine dieser üblen Machenschaften, in denen Sie ein wahrer Meister sind.«

Der Stahl des Buschmessers schnitt tief in die weichen Fasern ein, und die Palmenzweige knirschten auf eine ganz besonders nervenzerreißende Art. Nicht mehr lange, und der Baum würde fallen. Von ferne tauchte im gestreckten Galopp Bonaventura auf, mit waagerecht abstehendem Bart, die Soutane bis zur Taille geschürzt, gefolgt von den Hilfspolizisten mit geschulterter Flinte. Hinterdrein, den karierten Lendenrock über die behaarten Schenkel gerafft, kamen die drei Sub-Inspectors angesaust und stießen noch im Laufen konfuse Drohungen aus, die, wie sich zeigte, Peabody galten. Francis, oder war es Firooz, oder Phule, schwang ein gestempeltes Papier, das verdächtig nach einem Haftbefehl aussah. Diese Idioten. Der Teufel sollte sie holen! Er würde sie alle drei ins nächste Schiff verfrachten. Triefend vor Schweiß nahm der Inspector seine sämtlichen Kräfte zusammen, hieb und hieb und brach in ein opernhaftes Gelächter aus: »Oh Sohn der Doppelzüngigkeit, verfluchter Kannibale und Hobbyschnitzer du, gleich wirst du es merken, ich lüge fast nie, nicht mal für den Dienstgebrauch.«

# Patrick Boman

Patrick Boman wurde 1948 als Kind einer französischen Mutter und eines schwedischen Vaters in Stockholm geboren. Bereits 1950 ließ sich die Familie in Frankreich nieder. Nach einem – nach eigener Einschätzung – wenig fruchtbaren Studium lebte Boman während der Siebzigerjahre auf einer Landkommune in den französischen Cevennen. Nach dieser über ein Jahrzehnt währenden Existenz als Bergbauer versuchte er sich, in die Zivilisation zurückgekehrt, als Supermarktkassierer, Lagerist, Keksindustriearbeiter und in weiteren mehr oder weniger erfüllenden Tätigkeiten. Er bereiste über achtzig Länder, lebt heute in Paris und arbeitet als Chefkorrektor und technischer Redakteur für das Wochenmagazin *L'Express.*

Foto C. Lambert

Patrick Boman veröffentlichte Romane, Erzählungen, Reiseberichte und eine Einführung in die Typografie. Seine gewitzte Krimiserie um den gewichtig seinen Ermittlungen nachgehenden Inspector Peabody, die der Indienkenner Boman in der englischen Kronkolonie um 1900 angesiedelt hat, besitzt in Frankreich eine begeisterte Fangemeinde. Über seinen Inspector beteuert der Autor, dieser sei das Ergebnis einer nachmittäglichen Erscheinung: Unverhofft habe ihn die Vision eines dicken, schwitzenden und auf Hindi fluchenden Kommissars überkommen – ein Geschenk des Himmels.

# Bibliografie

Die Josaphat-Peabody-Romane:
*Peabody met un genou en terre* (2000; dt. *Peabody beugt das Knie,* 2006); *Peabody se mouille* (2001); *Peabody secoue le cocotier* (2002; dt. *Josaphat Peabody geht fischen,* 2004; Taschenbuchausgabe unter dem Titel *Peabody geht fischen,* 2006); *Peabody prend de la hauteur* (2005).

# »Freundliche Respektlosigkeit und Lachen sind der beste Schlüssel zum Verständnis der Welt.«

## Interview mit Patrick Boman

*Thomas Wörtche: Monsieur Boman, das ist schon ziemlich verzwickt: Ein franko-schwedischer Schriftsteller schreibt einen historischen Kriminalroman, der um 1900 im britischen Indien spielt, also an einem Schauplatz französischer Demütigung des achtzehnten Jahrhunderts. Die handelnden Personen sind ein liebenswerter, aber gleichzeitig widerwärtiger, monsterhafter britischer Polizist, ein schwuler, affektierter französischer Diplomat, ein lüsterner, versoffener irischer Priester und so weiter; die Geschichte ist durchsetzt mit Passagen aus einem Seekriegsroman im Geiste C. S. Foresters, Alexander Kents und Patrick O'Brians, einem Genre also, das beinahe per definitionem anti-französisch ist. Das Ganze auf Französisch, in Frankreich zuerst verlegt und dort auch noch erfolgreich. Wie geht so etwas zusammen?*

Patrick Boman: Ich betrachte es als unser Recht, wenn nicht als unsere Pflicht, unsere Kultur kritisch, sogar überkritisch zu beobachten – und andere Kulturen auch! Zurzeit werden wir mit gut gemeinten Blabla-Predigten über den Begriff »Respekt« überzogen und belehrt. Quatsch! Im Gegenteil, Respektlosigkeit (eine nicht-gewalttätige, freundliche Respektlosigkeit natürlich) und Lachen sind wahrscheinlich ein viel besserer Schlüssel zum Verständnis der Welt – einvernehmlich mit der großartigen Redefreiheit, die wir in Europa genießen dürfen, und die auch Blasphemie einschließt.

Aus diesem Grund wird auch niemand verschont in meinem Roman: Die Briten nicht, nicht die Franzosen, und die Inder auch nicht. Man kann sie als Comicfiguren betrachten – oder auch nicht. Nicht, dass ich mir das alles schon von Anfang an so überlegt hätte, es ist einfach passiert.

Die französischen Leser scheinen es zu mögen. Aus Deutschland hatte ich ein sehr positives Echo (»Wie schön, ein französischer Roman, in dem nicht wir die Schurken sind!«). Ein schottischer Verlag zeigte sich erschrocken über die »bösartige Atmosphäre« des Romans, meine englischen Freunde hingegen mögen Mr P.

*Sie sind viel gereist in Ihrem Leben. Auch in Indien?*

In meinen jungen Jahren bin ich oft durch Indien gereist. Ich habe dort nie länger an einem Ort gelebt, aber alles in allem habe ich mich gut anderthalb Jahre in der ganzen Region rumgetrieben (unter anderem auch in Nepal und Sri Lanka) und bin in die entlegensten Gegenden gekommen. Es gibt also nichts bloß Ausgedachtes in meinen Romanen.

*Das heißt, Sie haben Ihre Erfahrungen dort einfach achtzig Jahre zurückprojiziert?*

Ich bin davon überzeugt, dass das Land, das ich damals in den 1980ern kennen gelernt habe, sich nicht wesentlich von dem von 1900 unterschied. Überall Kühe. Ich habe einfach Elektrozäune, Telefone, Fahrräder und Kinowerbung aus der Landschaft entfernt; das ergab ein relativ modernes Land mit Eisenbahn, Dampfschiffen und Telegraf – und darunter den riesigen echten Kontinent.

*Irgendwo hab ich mal gelesen, Josaphat Peabody sei Ihnen erschienen. Wenn das stimmt, wie war das? Und passiert Ihnen so was öfter?*

Die heilige Johanna hat des öfteren Stimmen gehört und der heiligen Bernadette von Lourdes ist die Jungfrau Maria achtzehn Mal erschienen. Aber Mr P mir nur einmal. Ich hab mir gerade den Kopf gekratzt, weil ich mir eine Figur ausdenken musste. Und da war er! Aus heiterem Himmel, fett, schwitzend, an seiner ekligen Zigarre nuckelnd und auf Hindi fluchend. Eine solche Erscheinung, das reicht. Mehr solcher Epiphanien könnte ich auch gar nicht aushalten.

*Mögen Sie ihn, diesen ganz und gar nicht politisch korrekten, schmutzigen alten Mann mit den liebenswerten Zügen?*

Das Problem hat sich für mich nie gestellt. Ich mag es nur nicht, mit ihm verglichen zu werden. Aber natürlich ist er nett! Sehr menschlich! Er weiß, was die Menschen umtreibt. So wie Dostojewskis Porphyr Porphyrowitsch, Simenons Maigret und der liebe alte Derrick mit seinen hervorquellenden Augen ...

Bei vielen Leuten kommt er ganz außerordentlich gut an. Manche Frauen sind regelrecht fasziniert von ihm; dummerweise habe ich das nie zu meinem Vorteil ausnutzen können. Manchmal höre ich auch: »Ihre Figur ist so gewalttätig, korrupt und außerdem trinkt er zu viel«. Dann sage ich: »In Ihrer Fantasie vielleicht, aber tut mir leid, Sie irren. Na ja, kann mal vorkommen, dass er einem Mörder ein paar Ohrfeigen verpasst. Aber in seiner ganzen Karriere hat er – in einem total korrupten Umfeld – nie einen einzigen Penny für sich abgezweigt, und ein paar Schluck Portwein trinkt er nur alle zweihundert Seiten.« Auch klar, dass ich heftig angegriffen wurde wegen der Stelle, wo er die Gattin eines Verdächtigen erpresst: Sex gegen das Fallenlassen einer Zeugenaussage. Ich muss zugeben, das war *nicht* gentlemanlike.

*An einer Stelle will Peabody sogar eine Nonne verführen – eine übliche Männerfantasie? Oder Ihre eigene? Und das in Zeiten religiöser Umtriebigkeiten?*

Finden Sie nicht auch, dass Nonnen mit den richtigen Kurven und schwarzseidener Unterwäsche unterm Habit eine klassische Männerfantasie sind?

Klassisch, weil sie, wenn ich mich nicht irre, im achtzehnten Jahrhundert begann …

Peabodys Begehren für Sister Mary ist ja bloß die erste Ebene. Er hat er sich ja wirklich in sie verliebt. Natürlich ist die ganze Situation lächerlich und er kann es nicht einfach zugeben. Auch von ihr kommt ein leichtes Funkeln, zumindest mag sie ihn. Wenn sie abreist und er zum Pier kommt, um sich zu verabschieden, lächerlicher denn je, dann ist das ein wirklich tragischer Moment. Der einsame alte Mann wird seine irische Fee nie wieder sehen, und beide wissen das. Das ist die menschliche Tragödie einer unmöglichen Liebe, kein Comic mehr.

*Was finden Sie so faszinierend an Ihrer Kombination von klassischem* whodunnit *und* hardboiled-novel?

Der klassische *whodunnit* langweilt mich unendlich; ich bewundere die amerikanischen Meister des *hardboiled.* Aber das ist zu einfach, man kann diese beiden Strömungen nicht leicht auseinander halten. In jeder *hardboiled novel* steckt teilweise auch ein *whodunnit.* Aber literarische Regeln interessieren mich sowieso nicht. Ich habe muss in meinem Alltag so viele Regeln befolgen, dass ich beim Schreiben garantiert keine akzeptiere, da lässt meine wilde und freie Seite keine Beschränkung zu. Ich versuche anständig zu schreiben und nicht zu langweilen. Das ist alles.

Allerdings will ich auf ein bestimmtes Riff mit Sicherheit nicht auflaufen: Diese linken Predigten, die dem französischen Kriminalroman seit den 1970ern so sehr geschadet haben. Das Leben ist nicht politisch korrekt, und man kann vernünftigerweise auch nicht hoffen, etwas Gutes mit politisch korrekten Bandagen zu schreiben. Hammett war ein radikaler Kommunist (und das war damals noch lebensgefährlich), aber er hat nie eine Botschaft gehabt. Dennoch sind seine Beschreibungen der amerikanischen Gesellschaft gnadenlos.

*Paradoxe gefallen Ihnen – auch als Lebensmaxime?*

Es gibt keine Wahrheit. Der Himmel ist ganz offensichtlich leer. Einbahndenken bedroht uns, diese verdammten drei monotheistischen Religionen sind im Moment hysterischer als je zuvor. Deswegen: Paradoxe sind das Leben! Nichts ist richtig oder falsch, schwarz oder weiß.

*Josaphat Mencius Peabody, was für Name! Stimmt die Herleitung im Buch?*

Selbstverständlich! Nebenbei bemerkt, es gibt ein paar Tausend Peabodys auf diesem Planeten, aber ich weiß von keinem, der auch noch Josaphat Mencius heißt und der sich glücklich schätzen würde, mich wegen Verunglimpfung des edlen Namens Peabody zu verklagen.

*Imperialismus und Kolonialismus – ein hässliches Thema …*

Doch, doch, lassen Sie uns dazu ruhig etwas sagen. Koloniale Situationen waren immer sehr unterschiedlich, je nach Ort und Zeit. Kolonialismus konnte grauenhaft sein und barbarisch (Zwangsarbeit aller Art) oder relativ entspannt – die Dinge sind da extrem kompliziert. Vergessen Sie nicht, dass gerade im neunzehnten Jahrhundert viele prokolonialistische Politiker eher der Linken angehörten, zumindest in Frankreich (»Lasst uns den armen Seelen Zivilisation und Fortschritt bringen.«), während es bei der Rechten viele Antikolonialisten gab (»Lasst die Wilden doch in Ruhe, sie sind glücklich, so wie sie sind.«).

Ich will dieses Zeitalter nicht positiv zeichnen, ganz und gar nicht; aber ich will auch nicht alles nur schwarz malen. Welche historische Periode man sich auch aussucht: In der gesamten menschlichen Geschichte haben Kolonialismen nie lange gedauert. Das zumindest sollte die Schuld von uns Europäern nicht ganz so schwer machen oder nicht so ewiglich.

In einem der Romane sagt Peabody, dass kein Weltreich, auch der *British Raj,* ewig dauert. Peabody macht seine Arbeit, der offiziellen britischen Propaganda glaubt er kein Wort; aber er kann sich auch kaum vorstellen, dass »eine Hand voll Anwälte und Grundbesitzer Millionen von elenden Menschen zu Freiheit und Glück führen«. Im Jahr 1900 hört sich das doch ganz vernünftig an, oder?

*Monsieur Boman, Sie sind mit Ihrer Biografie sehr, sehr zurückhaltend. Warum? Haben Sie was zu verbergen? Oder sollen wir denken, Sie hätten was zu verbergen? Oder treten Sie einfach bescheiden hinter Ihr Werk zurück?*

Ich bin überhaupt nicht zögerlich mit meiner Biografie, und zu verbergen hab ich dummerweise auch nichts, aber es gibt einfach nicht viel zu erzählen. Ich gehe zur Arbeit, ich bezahle meine Steuern, ich bin zu dick, ich schmeiße meinem Zahnarzt ein Vermögen in den Rachen. Und so weiter, wie alle Leute. Wir sind ja sowieso alle gleich, in so vielen Aspekten. Meine einzige Eitelkeit ist, dass ich nicht allzu schlecht koche, wenn mir danach ist.

Der Autor ist sowieso nicht wichtig. Die Bücher, die Filme, die Gemälde, die Skulpturen, die Gebäude, die Gärten, die sind wichtig.

Und natürlich müssen die Leser nun wirklich nicht alles wissen. Transparenz, das ist auch so 'n Quatsch. Rücksicht auf Privatsphäre ist ein tragender Pfeiler der Demokratie!

*Vielen Dank, Monsieur Boman, für das Gespräch.*

# Die Übersetzererin

Regina Keil-Sagawe, geboren 1957 in Bochum, studierte Romanistik, Germanistik und Orientalistik in Bonn, Paris und Heidelberg. Sie hat zahlreiche Werke zur Literatur des Maghreb veröffentlicht, übersetzt aus dem Französischen (u. a. Driss Chraïbi, Mohammed Dib,Habib Tengour) und lehrt an den Universitäten von Heidelberg, Brüssel und Rabat.

# *metro* – Spannungsliteratur im Unionsverlag

»Die *metro*-Bände gehören auf jeden Fall zum Besten, was derzeit an so genannter Spannungsliteratur zu haben ist.« *Michaela Grom, Südwestrundfunk*

**Guillermo Arriaga**
*Der süße Duft des Todes*

**Bernardo Atxaga**
*Ein Mann allein*

**Mongo Beti**
*Sonne, Liebe, Tod*

**Lena Blaudez**
*Spiegelreflex; Farbfilter*

**Patrick Boman**
*Peabody geht fischen*

**R. Bradley, S. Sloan**
*Temutma*

**Jerome Charyn**
*Der Tod des Tango-Königs*

**Driss Chraïbi**
*Inspektor Ali im Trinity College*

**Liza Cody**
*Gimme more*

**Pablo De Santis**
*Die Übersetzung; Die Fakultät; Voltaires Kalligraph*

**Garry Disher**
*Drachenmann; Hinter den Inseln; Flugrausch*

**Giuseppe Fava**
*Ehrenwerte Leute*

**Rubem Fonseca**
*Bufo & Spallanzani; Grenzenlose Gefühle, unvollendete Gedanken; Mord im August*

**Jorge Franco**
*Die Scherenfrau*

**Santiago Gamboa**
*Verlieren ist eine Frage der Methode*

**Jef Geeraerts**
*Der Generalstaatsanwalt; Coltmorde*

**Friedrich Glauser**
*Schlumpf Erwin Mord; Matto regiert; Der Chinese; Die Fieberkurve; Die Speiche; Der Tee der drei alten Damen*

**Chester Himes**
*Die Geldmacher von Harlem; Lauf Mann, lauf!; Der Traum vom großen Geld; Fenstersturz in Harlem; Heiße Nacht für kühle Killer*

**Jean-Claude Izzo**
Die Marseille-Trilogie: *Total Cheops; Chourmo; Solea*

**Stan Jones**
*Weißer Himmel, schwarzes Eis; Gefrorene Sonne; Schamanenpass*

**H. R. F. Keating**
*Inspector Ghote zerbricht ein Ei; Inspector Ghote geht nach Bollywood; Inspector Ghote hört auf sein Herz*

**Yasmina Khadra**
*Morituri; Doppelweiß; Herbst der Chimären*

**Thomas King**
*DreadfulWater kreuzt auf*

**Bill Moody**
*Solo Hand; Moulin Rouge, Las Vegas; Auf der Suche nach Chet Baker; Bird lives!*

**Christopher G. Moore**
*Haus der Geister; Nana Plaza; Stunde null in Phnom Penh*

**Walter Mosley**
*Socrates in Watts; Socrates' Welt*

**Katy Munger**
*Beinarbeit; Gnadenfrist; Miststück*

**Peter O'Donnell**
*Modesty Blaise – Die Klaue des Drachen; Die Goldfalle; Operation Säbelzahn*

**Celil Oker**
*Schnee am Bosporus; Foul am Bosporus; Letzter Akt am Bosporus*

**Leonardo Padura**
Das Havanna-Quartett: *Ein perfektes Leben; Handel der Gefühle; Labyrinth der Masken; Das Meer der Illusionen*

**Pepetela**
*Jaime Bunda, Geheimagent*

**Roger L. Simon**
*Die Baumkrieger*

**Susan Slater**
*Die Geister von Tewa Pueblo*

**Clemens Stadlbauer**
*Quotenkiller*

**Paco Taibo II**
*Vier Hände*

**Masako Togawa**
*Schwestern der Nacht; Trübe Wasser in Tokio; Der Hauptschlüssel*

**Gabriel Trujillo Muñoz**
*Tijuana Blues*

**Nury Vittachi**
*Der Fengshui-Detektiv; Der Fengshui-Detektiv und der Geistheiler; Der Fengshui-Detektiv und der Computertiger*

**Helen Zahavi**
*Schmutziges Wochenende*

Bestellen Sie unseren kostenlosen Verlagsprospekt:
Unionsverlag, CH-8027 Zürich, mail@unionsverlag.ch

# Inspektor Peabodys erster Fall

Ein makabrer Leichenfund sorgt für Unruhe
auf dem Basar der Stadt in Hindustan,
wo Peabody seinen Pflichten als Diener des Empire
nachgeht: Im Trog des frommen Färbermeisters
Sid ul-Cheyr schwimmt der nachtblau eingefärbte
Rumpf eines Unbekannten. Schwitzend und
fluchend in der unerbittlichen Hitze der Gange-
sebene nimmt der Inspektor seine Ermittlungen auf.
Doch sein Versuch, Licht in den Fall zu bringen,
trifft in höchsten Kreisen auf wenig Gegenliebe …

Patrick Boman
*Peabody beugt das Knie*
Deutsche Erstausgabe
zebu verlag Frankfurt am Main
ISBN 3-937663-06-1